百怪語り

螺旋女の家《ねじおんなのいえ》

牛抱せん夏

まえがき

ようこそお越しくださいました。この世の裏側へ。

おかげさまで「百怪語り」第三作目でございます。


私の母方の祖父母の家では、よく食卓で女性たちが怪談話をしていました。

特に祖母は怪談の名人で、いつも話の中心にいるような人でした。

こどもは自分の話を聞いてほしい、構ってほしいと思うはずですが、私は大人たちの怪談話に耳を傾けて静かに聞くことが大好きでした。

ですから、誰かの思い出話を聞かせてもらうことは今でも変わらず好きです。

怪異体験をお聞かせいただく時には、こどもの頃に戻った気分でワクワクしながら耳を傾けております。

今回もたくさんの方に、直接の対面、電話、チャット、海外の方はＬＩＮＥで取材させていただきました。ご協力くださいましたインタビューイーのみなさま、ありがとうございました。

体験談は常に募集しておりますので、本書を読み終えてなにか起こったら……ぜひお話をお聞かせください。

本書では、百話の体験談を八つのカテゴリに分類分けしました。
夫婦、親子、兄弟等の血縁者または同様のつながりのある身内にまつわる話を「家族」
働くひと、職場にまつわる話を「職」
船にまつわる話を「船」
こどもにまつわる話を「子」
村や集落にまつわる話を「村」
家、住まいにまつわる話を「住」
海外にまつわる話を「海外」
その他の話を「世間」といたします。

また扉裏には語り版の体験談を八話収録しています。百怪語り、開演です――

家族

職

船

子

村

世間

※本書は体験者および関係者に実際に取材した内容をもとに書き綴られた怪談集です。体験者の記憶と主観のもとに再現されたものであり、掲載するすべてを事実と認定するものではございません。あらかじめご了承ください。

※本書に登場する人物名は、様々な事情を考慮してすべて仮名にしてあります。また、作中に登場する体験者の記憶と体験当時の世相を鑑み、極力当時の様相を再現するよう心がけています。今日の見地においては若干耳慣れない言葉・表記が記載される場合がございますが、これらは差別・侮蔑を助長する意図に基づくものではございません。

家族

家族

体験者（山形県・智子さん）

最愛の母が亡くなった時のことです。
姉の枕元にはよく立っていたそうで、私はうらやましくてたまりませんでした。
せめて一度でも良いから会いにきてほしいと願っていました。
ちょうどその頃、私は悩みを抱えていて仕事も家事もできずに寝込んでいました。
布団の中で自分を責める毎日でした。鬱病です。
そんなある日、
聞き覚えのある声が聞こえて足元を見ると、母が立っていました。
「あんた、いい加減にしなさい」
「しっかりするのよ」
母はそう言って消えてしまいました。四十九日でした。
その日から見る間に回復して、十五年経った今もこうして元気に暮らせています。
母が現れたのは、本当に一度きりでした。

一 へそ

「なっちゃん、お土産《みやげ》買ってくるからね」

菜摘さんが八歳の頃、親戚の大学生のお姉さんが夏休みにハワイ旅行へ出かけていった。面倒見が良くて優しい彼女を、本当の姉のように慕っていた。

お姉さんがハワイへ行って数日が経ったある夜、菜摘さんは突然目が覚めた。

ベッド脇に、旅行中のはずのお姉さんが立っている。

「お姉ちゃん？」

ベッドから起き上がると、お姉さんの躰は宙に浮かんでいる。しかも、へそから長い白い紐のようなものが窓の外まで伸びている。菜摘さんは、ただ目をパチパチさせていた。お姉さんは、淋し気な表情でこちらをじっと見ている。

その時、どこからか誰かが呼ぶ声がした。とたんに眠くなってベッドに倒れ込んだ。

翌朝、一階のリビングへ下りると、なんだか家族が騒がしい。

どうしたのかと問うと、ハワイ旅行へ行っていたお姉さんが海で溺れて、一時心肺停止状態で病院へ搬送されたのだという。

後日、意識を取り戻し無事に帰宅したお姉さんから聞いた話では、溺れた際、日本へ帰らなければと強く念じたという。

すると躰が軽くなり、菜摘さんの部屋にいた。言葉を発することもできずただ見ていると、遠くで誰かが呼ぶ声が聞こえて、へそのあたりを勢いよく引っ張られた。

気づけば病院のベッドの上にいたという。

二　ある

義兄が亡くなった。

その地域では、葬式までの間、自宅で親族がご遺体を挟んで過ごす風習がある。妹とふたりで務めることにした。

深夜、話をしていると、ふいに妹が天井を見上げた。つられて見上げる。

古い日本家屋で、ずいぶん高い位置に梁《はり》が通っている。その梁に、バレーボールが挟まっている。なぜ落ちないのかと注視すると、バレーボールではない。

見間違いかと目をこすると、妹が言う。

「兄さん。あの梁にあるの、お義兄《にい》さんの生首よね」

義兄のご遺体は、目の前に横たわっている。

三　きつね

ずいぶん昔の話だ。

絹代さんは、長野県から佐渡ヶ島に嫁いだ。

若くして嫁いだので、実家の母親にはなかなか会うことができなかったという。母親も歳をとって長旅も難しくなってきた。最後にもう一度会いたいから、今度佐渡まで会いに行くよと連絡があった。

ところが、約束の当日、船着き場まで迎えに出ると、次々に人が下船してくるのに、母親の姿が見えない。やっとそれらしき人を見つけたのだが、その顔がどうもおかしい。目が吊り上がってまるで狐のようだ。

絹代さんは驚いて、

「お母さん、どうしたの、そんげな狐みてえな顔して。具合でも悪い？」

そう言うと、母は「狐さんが守ってくれたんだ」と笑った。

現在はカーフェリーがあるが、当時は佐渡へ行くには小さな船しかなく、波で揺れる。

移動はかなり大変だった。

母親は家の近くの稲荷神社へ油揚げを持って供え、

「これから娘に会いに佐渡まで行くんだども、無事に着けるように」

そう言って手を合わせた。

その夜、狐に起こされた。

「ばあさん、私が守ってやるから安心していけ」

狐はそう言って消えたという。母親は安心して乗船した。

その日、海は穏やかで、母親は無事に佐渡まで着くことができたと喜んでいた。

四　曾祖母の行方

香さんは、父親の実家である新潟県の村で暮らしていた。

このできごとがあった頃、曾《そう》祖母は九十をとうに超えており、寝たきりで介助なしでは生活はできなかった。

その曾祖母が、ある晩ベッドから忽然と姿を消した。

家の中はもちろんのこと、周辺や流雪溝《りゅうせつこう》の中まで捜したのだが、見当たらなかった。

近隣の住民にも協力してもらい捜索を続け、真夜中、村は大騒ぎとなった。

しばらくして、村人が家から二十メートルほど離れた古井戸にもたれかかっている曾祖母の姿を見つけたのだ。

寝たきりで歩けるはずもなく、ましてや家族が連れ出したはずもないのに、寝間着に裸足で泥まみれになっていた。

本人もなぜここにいるのか理解が追いついていない様子だった。

香さんの父親が背負って家に戻り、誰かに連れて行かれたのか、なぜあの場にいたのか、矢継ぎ早に訊ねると、

「急に呼ばれて、気がついたらあそこにいた」

弱々しく答えた。

翌朝、曾祖母は息をひきとった。

いったい、古井戸の中から誰が呼んだというのだろう。

現在、井戸は取り壊され、更地になっている。

五　アドバイス

ひとり暮らしをはじめてまだ間もない頃、台所に立って料理をしていた。

（次に入れる調味料はなんだっけ）

ど忘れしてしまい、手を止めた。鍋がグツグツ音を立てている。

「お砂糖だよ」

左の耳元で母がつぶやいた。

涙が溢れてふり向いたが、そこに母の姿はなかった。半年前に他界しているのだから、当然だ。

最後に母さんが教えてくれた料理の味、しっかり受け継いでいくよ。

六　池の女

現在五十代の女性が幼い頃に体験した話だ。


彼女の母親の実家は栃木県の山寺で、当時、祖父は現役の僧侶だった。

六歳になった夏、母親に連れられて家族で祖父母に会いに寺へ向かった。

親戚も大勢集まっていた。日中は、いとこたちと虫捕りや川遊びに出かけ、夜は大部屋で枕投げをして川の字になって眠った。はじめは、みんなはしゃいでいたのだが、遊び疲れたせいか順々に眠っていった。

真夜中、目が覚めた。

どこからか誰かの声がする。泣いているようだ。誰だろう。

布団をまくってまわりを見ても、みんな寝息をたてて眠っている。耳をそばだてた。

誰かが泣きながらなにかつぶやいている。

「哀しい、哀しい――」

立ち上がって障子《しょうじ》を開け、廊下に出た。

目の前の窓は雨戸が閉まっていて庭は見えないが、どうやら外から聞こえる。

重たい雨戸を開けて隙間から外をのぞくと、裏庭の池の石の上に髪をきれいに結った和服姿の女が立っている。女は月明かりに照らされて、石の上に裸足《はだし》で立ち、お腹を押さえながらさめざめと泣いている。

いったいなにがそんなに悲しいのか。いったい誰なのか、気になってじっと見ているうち、自分もしだいに飲み込まれそうになった。じわっと涙が溢れてくる。

その涙が頬を伝い、池の上の女と一緒に「哀しい、哀しい」と泣きだした。

真夏の真夜中、池の上の石に佇む和服姿の女と六歳の女の子の泣き声がしばらく続いた。そのうちに、後ろから肩を叩かれた。

いつの間に起きてきたのかおじいちゃんが立っていた。

「どうした。なにを泣いてんだ。おっかない夢でも見たのか」

「おじいちゃん、あのひと」

池を指さす。

「お前、あれが見えんのか」

「うん」

「かわいそうなことをした。あれはな、赤ちゃんと一緒に死んじゃったんじゃ。ああ、悪いことをした」

背中越しで祖父が泣いていることがわかった。

「私は仏弟子《ぶつでし》としてあれを送ってやれなんだ。申し訳ないことをした。あれは、私に未練のある女だ。申し訳なかった」

祖父がつぶやくと、池の女はまるで霧のように空高く上って消えていった。その消える瞬間、こちらを見てほほ笑んでいるように見えた。祖父はそれを見届けると、

「やっと逝けたか」

その場でしゃがんで後ろから彼女を抱きしめ「そうか。お前にはあれが見えたか」と、ひとり言のようにつぶやいた。


あとになってわかったことは、あの女性は祖父の亡くなった先妻だった。

五十年近く経った今も、あの時、後ろから祖父に抱きしめられた哀しみと安堵の混じった腕の感触が忘れられないのだと彼女は語った。

七　どんぐり

二十数年前のできごとである。

敦さんは毎年、秋の涼しくなる時季に家族とドライブがてら祖母の墓参りに出かけていた。自宅からその墓地公園までは車で約二時間。紅葉がきれいな場所だ。

妻と四歳の娘と父親と四人で墓参りをして辺りを散策をした。

墓地周辺には樫の木が植えてあり、その下にどんぐりが落ちている。娘は大喜びで「拾って帰る。ともだちにもあげるんや」と、はりきっていた。おとなたちも一緒になって袋いっぱいになるまで集めた。

「そろそろ、いこか。ばあちゃん、また来年くるね」

みなで墓に手をふって帰宅した。

その夜、敦さんは夢を見た。

数時間前に墓地でどんぐりを拾っているあの場面だった。

自分と、妻と娘と父……のほかにもうひとりいる。墓に眠っているはずの祖母だ。

(ばあちゃんも、拾ってる)

あっという間にどんぐりは袋いっぱいになった。

「ばあちゃん、そろそろ帰るわ。また来る」

敦さんが言うと、祖母は車には乗らずどんぐりを差し出すと、

「気ぃつけて帰るんやで。また気ぃ向いたら来てな。寒なるから風邪ひかんように元気に年越してな」

優しく手をふってくれた。

「わかった。ばあちゃんも風邪ひかんように、墓の下で眠ってな。また来年」

ただそれだけの夢だった。

目覚ましが鳴りリビングへいくと、妻が「こんな夢を見た」と語りだした。

それが自分とまったく同じ内容だった。

祖母は敦さんたちが結婚するずいぶん前に他界しており、写真でしか見たことはない。

不思議な偶然に驚いていると、娘が起きて来た。

「夢の中でおばあちゃんと、どんぐり拾うてん」

まったく同じ内容だった。

敦さんは押し入れからアルバムを引っ張り出すと、ページをめくって娘に見せた。

「あ、おばあちゃん」

妻も娘もアルバムを見て微笑んでいる。

「みんな、集合」

三人は仏壇の前に正座すると手を合わせた。娘は前棚にどんぐりをひとつ載せる。

「また来年会いにいきます」

遺影の祖母の顔が、いつも以上に笑っているように見えた。

八　アラーム

朝のホームルームが終わり、ともだちとおしゃべりをしていた時のことだった。突然周囲の音が聞こえなくなった。次の瞬間、耳の奥でアラーム音のようなものが聞こえた。

耳がおかしくなったのではないかと思わず押さえると、脳内に映像が浮かび上がった。病院のバイタルセンサーが異常を知らせる赤ランプが点滅している。警告音がしばらく続き、ピーッ……

（おじいちゃんだ）

すぐさま母親に、今見えた映像のことをＬＩＮＥで伝えると、直前に息を引き取ったとの返信があった。

九　見にいった

カチャカチャという音で目が覚めた。

ベッドの足元にあるクローゼットが開いていて、そこに三、四歳くらいの女の子がこちらに背を向けて、ハンガーにかけてある洋服を楽しそうに見ている。女の子は、ひと通り服を見終えると、満足したように窓から消えた。


数年後、女性は知人に連れられて当たると評判の占い師のところへいった。占い師は、「失礼だけど」と前置きをしてから、水子の霊がついていると言う。女性はかつて交際していた男性との間にできたこどもを堕胎した過去がある。

「その子、一度あなたに会いに行ったと言ってるわよ」

あの晩のことを思い出した。クローゼットで服を選んでいたのは、我が子だったのかもしれない。

十　きっかけ

ひとみさんは、あの時の記憶を鮮明に覚えている。

幼稚園が休みの日中。お昼ご飯を食べた後で祖父と家から手をつないで近所の倉庫へ向かった。そこは、大工をしている祖父の作業場兼道具置き場になっている。余った資材で、祖父はよくおもちゃを作ってくれた。

倉庫へ行く途中に駄菓子屋があって、そこでお菓子を買ってもらうことも楽しみのひとつだった。

ちょうどその駄菓子屋にさしかかると、店先に黒い影のようなものが立っているのが見えた。歩を進めていくと、しだいに影は大きくなる。人のようだが、顔は見えない。

全身が真っ黒で、本能的に「見てはダメだ」と感じた。影はゆっくりこちらにふり向こうとする。つないでいた手に力をこめ、祖父を見上げた。

「迎えにきたか」

祖父は影を見てつぶやいた。そこで目が覚めた。

（夢か――）

襖《ふすま》を開けると、祖父はいびきをかいて眠っていた。

数日後の夕方。幼稚園から帰ると祖父に「倉庫へ遊びに行こう」と誘われた。

手をつないで歩き、駄菓子屋へさしかかると、店先に夢で見た黒い影が立っている。

思わず足をとめて見上げると、祖父もその影をじっと見つめている。

「だいじょうぶだから」

祖父はそうつぶやいた。

翌日、幼稚園は休みだった。

「ひとみちゃん、お昼ご飯ができたから、おじいちゃんを呼んできて」

母親に言われ、家を出ると倉庫へ向かった。今日は朝から祖父は倉庫で作業をしている。

「おじいちゃん、ご飯だよ」

扉を開けると、丸椅子が転がっていて、目の前に足がある。見上げると、祖父が首を吊っていた。

日頃から明るい性格だった祖父は、誰からも好かれていた。生活も決して苦しかったわけではない。祖母や母親も自殺の原因は見当もつかなかったという。

ひとみさんは祖父の死を機に、近しい親族や友人が亡くなる前に黒い影の夢を見るようになった。

その夢を見ると必ず人が死ぬ。今もそれは続いている。

十一　出迎え

親戚のおばさんが亡くなったとの報せを受け、急ぎ地元へ帰ることにした。

仕事の都合で遅れてしまい、お通夜も終わった頃に到着した。

玄関を開けると、おばさんが出迎えてくれた。

「あらまあ、みっちゃん。来てくれたの、お上がり」

首を傾げて中へ入る。確か連絡では、このおばさんが亡くなったと聞いていた。

襖を開けると、先ほど案内してくれたおばさんが横になっていて、お顔には白布がかけてあった。

十二　やっと

久美さんの両親はいっとき、愛知県にある同じ介護施設に入所していた。

ふたりは介護の度合いが異なっていたため、基本的には別フロアで生活をして、昼間はどちらかの部屋へ行って過ごすというルーティンだった。

入所して一年ほどが経ち、父親が亡くなった。その頃には母親の認知症も進行しており、夫の死は理解できていないようだった。

久美さんは父の葬儀を終えると、神奈川県にある自宅へ戻った。

次に愛知へ行くのは、四十九日と予定している。

離れている間も、母親とは頻繁に電話をしていた。恐らく理解はできないだろうとは思いつつも、時々聞いてみる。

「お父さん、たまには夢に出てきてくれる？」

「全然会いに来てくれない」

どうも実感は沸いていない印象だった。

やがて明日を四十九日に控えた日中、介護施設へいくと、部屋に入るなり母親が嬉しそうに言う。

「久美、お父さんがやっと会いにきたわよ」

「どこにいたの?」

「ロビーのところ。ああ、やっと会えたと思って、お互いに駆け寄って良かったねって抱き合ったの……」

そこまで言って母親の表情が曇った。

「お父さんね、一緒にいこうって、あたしの手を引っ張るのよ。痛くて、痛くて、その手を払っちゃったの。そうしたらお父さん、悲しそうな顔をして消えちゃった。ついて行っていたら、お母さん、死んでいたかもしれない」

母親は、意識を取り戻したように久美さんの顔をじっと見て言うと、もうそれきり言葉を発さなくなった。

十三　入院

六歳の娘が、ここのところ寝入りばなになると、「お化けがこわい」と泣きながら部屋を駆け回るようになった。

その娘が風邪をこじらせて一週間ほど入院をすることになった。風邪事態は医療の力でなんとかなるが、それ以上に心配なのは病棟に泊まることだった。

母親は神社でお守りを購入し、ベッドの枠に括り付け、医者には退院までの間、娘の病室で寝泊まりをする許可をもらった。

入院初日の夜のことだった。

消灯時間が過ぎ、薄暗い病室のなか娘の眠るベッドに一緒に横になると、ほどなくして背筋が冷たくなるのを感じた。娘を見ると起きていて「お母さんこわい」としがみついてくる。

姿は見えないが、なにかいるような気がする。すると、急に躰が軽くなり、宙に浮かぶ感覚があった。天井のあたりまでいき、見下ろすと、自分と娘がベッドにいるのが見える。

恐ろしい気配の正体を確認しなければ。娘を守らなければと目を動かすと、躰は病室を抜け出た。廊下の隅の暗いところから、ザッ、ザッ、ザッと足音が近づいてくる。

その足音の方向に、汚いズックが見えた。上下ともモスグリーンの作業着を着て、帽子を被っている。顔はマジックで塗りつぶしたように真っ黒だ。

作業員にしては様子がおかしい。それは病室の前で立ち止まると引き戸に手をかけ、勢いよく開けた。入院患者全員が目を覚ますのではないかと思うほどの大きな音。次の瞬間、躰はベッドに戻っていた。

こっちに来ないでと、心の中で必死につぶやくが、男の足音は容赦なく近づいてくる。男はベッドまわりのカーテンの、僅かに開いた隙間から中をのぞき込んだ。

はぁ、はぁ、はぁ、と息をはきながら、躰を斜めにして入って来ようとする。

母親は娘を抱きしめる。娘は声を立てないように泣いている。

「キサマ、ココデナニヲシテイル！」

頭上で男が叫ぶ。何度も中へ入ろうとするが、入れないようだ。カーテンの外でしばらくの間はウロウロしていたが、そのうちに気配は消えた。

娘は目に涙をいっぱいためていた。

翌朝、朝食を食べたあとで娘に昨晩なにが見えたか聞いてみると、こう答えた。

「汚い恰好の兵隊さんがきた。こわい顔をしてお母さんと私を見てた」

後に調べてみると、この病院はかつて戦時中に武器庫として使用されていたことがわかった。

京都の某病院での話である。

十四　業

名字に関わる話なので、イニシャルで記す。

Aさんは、七年ほど前に、母親とふたりで北海道に住む叔母の家を初めて訪れた。A家は代々、都内に家があったのだが、曽祖父が北海道で事業をしていたこともあり土地を持っていたため、叔母も北海道にいたという。

叔母の家はコテージのような作りで、Aさん母娘は二階の一室を借りることになった。夜、十一時頃には布団に入ったのだが、なかなか寝付けなかった。

月明かりで薄暗い部屋の中をぼんやりと見ていると、押し入れの柱の前に人影が見えた。目の奥が真っ黒で、黒目だけがこちらをじっと見ている。

驚いたAさんは、母親を起こそうと隣を見た。すると母親は苦悶の表情でうなり声をあげる。急いで部屋の電気を点け母親の肩を叩いた。

「ママ、ママはもうA家の人間だから大丈夫。もうB家じゃないんだよ」

なぜそのようなことを口走ったのかはわからない。母はAさんの手首を掴んだ。目は合っているが、そのまま黒目が上の方に向かう。

「ママ、ママ」

そこで母は正気に戻った。

先ほど部屋の隅にいた影が、母の顔をのぞき込んできたという。影は恨めしそうに、

「見つけた。お前はBだな。ゆるさない。ゆるさない……」

そう言いながら窓を抜け出ていったという。

先祖の業のようなものを感じ、叔母の家にはそれ以降訪れることはなくなった。

十五　詰所

看護師の智子さんから聞いた話だ。

その日は当直で、午前零時にバイタルチェックをしてから詰所で書き物をしていた。

すると、後輩の看護師ふたりが悲鳴をあげながら、智子さんにしがみついてきた。

「なによ、どうしたの」

「声がしたんです」

ふたりは震えながら言う。

すぐそばで、か細い女性の声で「あの、すいません」と話しかけられた。ふり向いたが誰もいないのだという。

智子さんにはまったく聞こえなかった。患者さんの家族では、と答えたが、詰所の中で聞こえたとふたりは口を揃えて言う。

あたりを見回したが、誰もいなかった。

夜勤が明け、家に帰ると、留守番電話が点滅している。

伯母の声で弟が亡くなったとメッセージが入っていた。
亡くなった母親が報せに来たのだと悟った。

十六　弟

弟は、父と工務店を経営していた。

ここのところ業績悪化でしょっちゅう言い合いになっていたという。

智子さんが家に着くと、部屋の一角に毛布があり、その下で弟は変わり果てた姿で横たわっていた。父の姿はなかった。

続々と親戚が集まってくると、みな口々に「父親が殺したのではないか」と疑いをかけた。父に何度電話をしてもつながらない。信じたくはないが、ひょっとしたら……最悪なことを想像してしまう。

純粋でおとなしい性格の弟がどうしてこんなことになってしまったのだろう。

看護師の智子さんは死亡処置をはじめた。

祭壇の用意をして神主を迎えると、父親不在のまま葬儀がはじまった。

不安な気持ちを抱えたまま、ぼんやりと祝詞を聞いていると、弟の反対の壁に掛けてある母親の遺影と目が合った。その目が、キョロキョロと動いている。誰かを探してい

るようだ。智子さんは、

「なんで弟を連れていったの。なんでこんなことになったの」

亡くなった母を責めた。

「母さん、父さんを探してよ」

そう言うと、目が動かなくなった。

祝詞が終わった瞬間、父と電話がつながった。

父はなにも知らず、家から離れたサウナへ行っていた。帰りの運転中に急激な眠気に襲われて電波の繋がらない峠のトンネル前に停まって仮眠をとっていた。

「母さんに起こされた気がして目が覚めた」

智子さんは、母親を責めた自分をひどく後悔した。

職

体験者（千葉県・英樹さん）

よく、心霊スポットへ行った帰りには直接帰宅せずにコンビニやレストランへ寄って憑き物を落とすって話、聞きません？

あれ、本当にあるんですよ。

私、コンビニの店長をやっているんですが、ある人たちが来た後、必ず妙なことが頻繁に起こるんです。

誰もいない店内で「バン！」と大きな音がしたり、人影を見たり。ふだんはなにも起こりませんけど、あの人たちが帰った後は99・9％の確率で起こります。

え？　心霊スポット帰りのＤＱＮ？　違います、違います。

近所の介護施設を利用している介護タクシーに乗るひとたちです。

落としていく方は良いかもしれませんけど、落とされる方の身にもなってほしいって話です。

十七　序

「この度はご投稿ありがとうございます。もう少し詳しくお話をお伺いしたいと思いまして、お電話させていただきました。これから、あなたが体験した不思議なできごとをお聞かせいただけますか」

「わかりました。これは、あなたに実際に現場に行って立証してほしいとか、そういうことを求めているわけではありません。ですが、あの峠に行くと、みんな、戻って来られなくなります。確実に。それでも聞いていただけますか」

「お話を受けとめる覚悟はできています。どうぞお聞かせください」

十八　送迎

千葉県の介護施設で働いていた山木さんの体験談である。

グループホームとデイサービスがひとつになっており、ショートステイも可能だ。

山木さんは当時入社したてで、毎日、朝夕にデイサービスの利用者の送迎を任されていた。利用者の顔と家までの道順をしっかり覚えるようにとリーダーからの指示だった。

山の中に建つ施設で、あたりには田んぼや畑が広がる。その更に山奥に住んでいる利用者も少なくなかった。何年勤めていようが道に迷ってしまうほど、周りには民家のまったくないぽつんと一軒家に住む高齢男性もいた。

もちろんその利用者だけでなく、同じ方面の方も一緒に送迎する。ワゴン車なら六名ほど、軽自動車ならば二、三人を乗せて施設から近いところから順番に送り届けていく。

山木さんが初めてその経験をした時は、助手席に女性をひとり、後部座席には山奥に家のある八十代の高齢男性の利用者を乗せていた。

助手席の女性は認知症の症状もなく、

「遠い方から行っちゃいなよ。私は後で良いわよ」

そう言ってくれたので、

「お言葉に甘えてそちらから行かせていただきます」

と、礼を伝え施設を出た。

道に自信はない。ナビだけが頼りだったのだが、車が古いせいか山へ入るとその地域が画面に表示されない。電波も途切れ途切れなので携帯電話も当てにならない。

カーブの続く道を上っていく。この道は、リーダーから初めて教わって行くところだったのでゆっくり慎重に進んで行く。

やがて、大きなカーブにさしかかると、そこに地蔵尊が建っているのが見えた。

助手席の女性は、「今日のお風呂は温かくて気持ちよかった」などと機嫌よく話をしている。一方、後部座席の高齢利用者は、口数の少ない人で、ふだんから世間話をふっても返事すらしないことがほとんどだった。ところが、その大きなカーブの地蔵尊が見えたとたん、なんの前触れもなく、大声で爆笑しはじめた。

山木さんと助手席の利用者は驚き跳ね上がった。

まだ働きはじめて日の浅かった山木さんは、助手席の女性に訊ねた。

「いつも、こういうことってないんですか」

「おとなしい人だし、施設でも大きな声なんて出したの見たことないわ」

施設では一日ソファに座りっきりで、レクリエーションにも参加しない。食事も誰とも話さずに黙々と食べているような男性だという。

男性はいきなり笑いはじめて、カーブを抜ける頃には満面の笑みを浮かべながら戦争の話をはじめた。

「私は、飛行機の翼を作っていましてね。ここには上からミサイルが飛んできて大変でしたよ。ふだんはイモばっかりで、外国の牛乳は嫌いで……」

支離滅裂だ。止めどなく話し続けているので、途中で遮ることも難しい。

自宅まであと数百メートルというところまできて、小声で「そろそろですよ」と声をかけた。

車を停めて、「降りますよ」と言う頃には黙っていて、いつもの寡黙な男性に戻っていた。

十九　ちぐはぐ

山木さんは事務所に戻ってから、高齢男性のことをリーダーに報告した。

「大きなカーブのところで、利用者さん、戦争の話をはじめたんですよ」

「ふだんおとなしいのにね。ところで、場所、すぐにわかった？」

「やっぱりちょっと不安なので、今度ナビゲートしていただけますか」

「うん。全然いいよ」

翌日、今度はリーダーが助手席に乗り、昨日の男性利用者を後部座席に乗せてあの山道に入っていった。やがて、地蔵尊のある大きなカーブにさしかかった。

「山木君の言っていた場所ってここ？」

「そうです。ここです」

「私も何回もここへ来たけど、今までそんなことなかったんだけどな」

地蔵尊が見えると、後部座席で男性はガハガハと笑いはじめた。

「あ、これです、これです」

山木さんがリーダーに言うと、

「は？　なにが？」

「だから、今めちゃくちゃ爆笑してるじゃないですか。戦争の話、始まりましたよ」

リーダーは、助手席から後ろへふり向き、首を傾げる。

「いや、黙ってるよ。別になにも普通じゃない」

「え？」

リーダーはそう言うが、後部座席で男性は昨日と同じように戦争の話をしている。

「あの時、爆弾がね。ガハハハッ」

リーダーが助手席から身を乗り出して、利用者に声をかける。

「○○さん。あら、ごめんね。今、休んでたよね」

そう話しかけている間も戦争の話をし続ける。

ミラーで後部座席を見ると、利用者と目が合った。

男性は顔をしわくちゃにしながら、

「本当に、大変だったんだよ。たくさん人が吹き飛ばされて。ガハハハッ」

喉の奥が見えるほど、大きく口を開いて笑っていた。

二十　リーダー

翌日に出勤すると、時間になっても一緒に勤務する予定だったリーダーが来ない。携帯や自宅に電話をしても出なかった。

しばらくすると、駐車場にリーダーの車が入ってきたのだが、降りてきたのは母親だった。

「昨日、送迎を一緒にした山木さんは、どなたでしょうか?」

「はい。私が山木です」

「昨日、うちの娘、なにか言っていませんでした?」

「別になにも……」

「なんだろう、あの子、家に帰ってきてお風呂から上がってから、ずっとニコニコしながら戦争の話をするんです。もちろん経験したことなんてないのに」

「戦争の話ですか」

「そう。『あたしね、ずっと裸足で歩いてたから足が痛くてね』って。あんた、なに言ってるのって聞くと、『さっちゃんと、たっちゃんと一緒に防空壕に逃げて、ひゅうって音が聞こえたからみんなで頭を押さえて防空頭巾を被ってたの』って。いったい、なにを言ってるんだろう。心配になって、だいじょうぶ？　と聞いても、話がかみ合わなくって。山木さん、あなたなにか知りませんか」

「いいえ、僕はなにもわからないですし、帰りも昨日ふつうに別れただけなんですけど」


リーダーは、風呂を出てから寝るまでの間、経験したことのない戦争の話をし続けていたという。夜中にようやく眠ったと思い、両親も布団に入るとまた起きてあぐらをかいて一升瓶を抱えながら誰かと戦争の話をしている。

父親がビンタをすると我に返ったのだが、朝になってまた「それでさ」と話しはじめた。これはいよいよ駄目だと思い、病院へ連れていくから今日は休ませてほしいと言いに来たという。

朝の施設は忙しい。リーダーのことはもちろん心配ではあるが、やるべき業務は山ほどある。山木さんは利用者を迎えに車を出した。

山道へ入り、おじいさんを迎えに行った。ふだん通り、世間話をふっても、なにも答えない。ところが大カーブを曲がり地蔵尊が見えた瞬間、またゲラゲラ笑いだした。戦争の話がはじまる。その時、事業所から電話がかかってきた。

「山木さん、その人が戦争の話をしている時、絶対に遮ったらだめ。急いで帰ってきて」

事業所へ戻ると、ふだん顔を見ることのない管理職の方が来て待っていた。職員がリーダーの件で連絡を入れたようだ。

「あの利用者さんのことだけど、実は以前も同じことがあったんです。バスで送迎をしていた時に、戦争の話をはじめて、一緒にいた職員がだいじょうぶですかと話を遮ったら、その夜から彼女も同じように戦争の話をするようになりまして。動物のように四つん這いで部屋を走り回ったり、食事もご飯じゃなくて箸を食べようとしたり。ほかにもトラックに突っ込んだ人もいました。理由はわかりません」

とにかく話を遮らないようにと言って事業所を出ていった。

リーダーは、寝たきりになり、介護が必要となった。

「だから、利用者の方やほかの職員には申し訳ないんですけどね、退職を考えています」

山木さんと話したのは、その時が初めてだったが、そんな話をうかがった。

二十一　結

「もしもし。山木さんですか。その節はありがとうございました。追加でお話があるとのことですが、なにか思い出されたことがありましたか」

「以前、介護施設の話をしましたが、どうも気になってあの山の地蔵尊をこの前もう一度見に行ってきたんです」

「そうでしたか。わざわざありがとうございます」

「大カーブを曲がった所に、淋しく建っているんですけどね、それで……」

「もしもし？」

「それで……爆弾が落ちて来て……女の子が泣き叫んで……さっちゃんも、たけし君も、みんなで逃げて……お母さんの躰が吹き飛ば……され……」

少しの沈黙の後、電話の向こうから絶叫が聞こえた。

「もしもし、山木さん、山木さん、聞こえますか」

「お前……誰だ？」

「山木さん、今日はインタビュー、やめておきましょう」

「ガハハハッ。見ろ、空から爆弾が降ってくる」

しばらくの間、受話器の向こうでは絶叫が聞こえ続けた。

戦争の話をしている時、絶対に遮ったらだめ。

遮ってしまった。

二十二　申し送り

勤めていた会社から退職する理由は人それぞれあるだろう。

中にはこんな理由で辞めた方もいる。

十年ほど前、田村さんは愛知県にある二階建ての老人ホームで介護士として働いていた。

一階は寝たきり、全介護の利用者、二階は認知症の利用者が入居している。

田村さんは夜勤専属で、夕方四時から翌朝の十時までが勤務時間だった。夜勤の職員は巡回の時間帯以外は、一階と二階を繋ぐエレベーター前にあるソファで待機する事が多いという。夜中に認知症の利用者が下りてくることがしばしばある。

その日、いつものように待機していると、エレベーターが動く音がした。利用者が下りてくると思い立ち上がると、エレベーターは一階に着き扉が開いた。誰も乗っていなかった。

押し間違いだろうと考えたが、確認のためにエレベーターに乗り、二階に上がる。

二階のフロアに出ると、なにか変だ。いつもと雰囲気が違う。

今の今まで誰かが廊下を歩いていた気配があった。

巡回の時間まではまだ時間はあったが、すべての居室を確認することにした。

左右に五部屋ずつ。全部で十床。

一番右から、一部屋ずつ確認していく。一番左は空室なので、九床を見回ったところ、利用者は就寝しているかテレビを観ているかで全員部屋にいるのを確認できた。

念の為、空室のスライドドアを開け、巡回用の懐中電灯で照らすと、カーテンが開いている。ふだんは防犯も兼ねて空室のカーテンも閉めているのだが、この時は開いていた。

(日勤者が掃除の後、閉め忘れたのかな)

窓側まで行き、鍵の確認をしてカーテンを閉めようとした時だった。

窓の外を黒い影が横切った。なんだろうとは思ったが、施錠してカーテンを閉めると一階へ戻った。

退勤後、寮に戻ってシャワー浴びていると、玄関をノックする音が聞こえた。

インターフォンが設置されているのだが、ノックが続く。

シャツを着てドアノブに手を掛けたとたん、ノックの音が止んだ。ドアを開けたが誰もいなかった。

その夜、夢を見た。

認知症の女性入所者が倒れて緊急搬送されるという内容だった。

次の出勤時、夢で見た入所者が、本当に緊急搬送されたことを知った。

申し送り事項には、

【黒い影に押された】

と、記入してある。

職員は「認知症だから、幻想かもね」と話していたが、変な偶然にあまり良い心持ちではなかった。

二十三　助言

その日も、前回と同じようにエレベーターが下りてきた。

二階に上がり、巡回をはじめる。すると、緊急搬送された入所者の部屋のカーテンが開いている。

窓側へ行き、施錠してカーテンを閉めようとした時に黒い影がふたつ見えた。


夜勤明け、また夢を見た。

今度は軽度の認知症の女性が緊急搬送されていく内容だった。足腰もしっかりしている入所者だ。

次の出勤時にその女性が意識不明で運ばれたと知り、申し送りで確認できたのはこうだった。

【軽度の認知症の方が階段から落ちて、意識不明。黒い影が見えて、押された】

階段口の施錠はされていた。

その日はエレベーターが降りてくることもなく、何も無く仕事を終えたのだが、ひとりの入所者さんに呼び止められた。

「お兄さん、今日はお祓い行きなさい。本当に危ないから」

ふだんは穏やかな八十代後半の女性が真顔で言う。田村さんは気楽な気持ちで近所の神社へ向かうことにした。

職場から車を走らせ見通しの良い道を行く。午前中だと対向車も来ないような静かな道だった。

やがて神社の鳥居が見えてきた。駐車場に入ろうとした時だった。ガシャンと大きな音が聞こえた。駐車場前で二台の車が正面衝突を起こしたのだった。

すると、耳元で女性の声がした。

「次はお前を連れていく」

二十四　紛れ

さすがに気味が悪くなったので、せめてお守りだけでも購入しようと社務所へ行くと、奥から年配の宮司が出て来るなり手招きされた。

「君、奥に来なさい。早く」

靴を脱いで上がると、宮司は歩きながら、

「君のまわりに黒い影が見えるんです。お祓いします」

そう言って本殿に通された。

夜勤明けで疲れている上、事故を目撃してしまい気分も沈んでいたが、言われるがまま身を任せることにした。

宮司は田村さんに、持っている荷物を全て机に出すようにと言った。

財布、携帯電話、キーケース、筆箱、ノート、タオルの順番で並べていく。

すると、タオルの中から木片が転がり出た。ゴミだと思い拾おうとすると、

「触れないでください」

静止された。

宮司は木片を手の平に載せる。

「わかりますか」

卒塔婆の欠片だった。

いつ、どのタイミングでカバンの中に入ったのか見当もつかない。

「あなた、あの介護施設の職員さんですね？」

「はい」

「あそこは元々、無縁墓地でした。ろくに整備や地鎮祭も行われないまま施設が建てられたと聞きます。あまりお勧めはできません」

その夜、夢を見た。誰も居ない施設の中で、黒い影が窓を叩いている。

汗だくで目を覚ますと、誰かにのぞかれている気配がする。カーテンを開けると、黒い影が張り付いていた。

田村さんが退職した理由はこれだ。

二十五　ちがうよ

床屋で見習いとして働きはじめた陽子さんの話。

いつも咥えたばこで自転車を漕ぎながらやってくる背の低い常連客がいる。

その日はふだんより来客が多く、オーナーから「陽子ちゃん、先に顔剃り、しとって」と、件の常連客を任された。

泡を顔全体に塗布し、蒸しタオルを乗せる。客は来店時からしきりに喉の辺りをさすっていた。調子が悪いのだろうか。剃刀《かみそり》を手にした時だった。

客の首元で、なにかがスルスルと動くのが見えた。ギョッとして目を凝らすと、小さな蛇が赤い舌を出しながら男性の首のまわりを這いずっている。

思わず剃刀を落としそうになった。そこへオーナーがやってきて、客に声をかける。

「最近、喉の調子はどうや？」

「なかなかよくならんのや」

「タバコ、吸いすぎやで」

——違う。原因は蛇や、とは言えなかった。

二十六　訪問者

実樹さんは、美容室の雇われ店長をしている。

セット面が四つのこじんまりとした店で、スタッフは一名。

常に来客があり、毎日忙しい。地元密着型なのでリピーターも多い。ギリギリふたりで回していたのだが、ある時スタッフが引っ越すことになり、店は実樹さんひとりで営業することになってしまった。

その頃から不思議なことが起き始めた。

少し空き時間ができたのでバックヤードでお茶を飲んでいると、勝手口のドアノブをガチャガチャと誰かが回す音がした。タオルを干したり、ゴミを出す時には開けるが、ふだんは防犯のため、施錠をしている。

家族か友人の誰かが来たのかと鍵を開けたが誰もいなかった。外に物干し竿があり、そこを通り抜けると店の駐車場になっている。走って行ってみたが、誰の姿もなかった。

それが何度も続いた。

はじめはドアノブを回す音だけだったのだが、そのうちに扉を激しくドンドン叩かれるようになった。

やがて慣れてしまったので、音が鳴っても気にせず過ごすようになった。

ある閉店後の夜、店の電気を消してバックヤードで帰り支度をしていた。その日はオーナーが給料を持ってくる予定だったので、座って待っていた。ほどなくしてオーナーが来て話をしていると、またドアノブがガチャガチャと音を立てた。

「なんや？　なんだ？」

オーナーは驚いて実樹さんを見る。

「開けてみてください。誰もいませんよ」

笑いながら言うと、オーナーは「そんなことあるか」と立ち上がってドアを開けた。

誰もいない。そのまま駐車場まで走っていったがやはり誰もいなかった。立ち去る足音も気配さえもない。

「よくあるんですけど、それだけなんで気にしてないんですよ」

数日後、オーナーから若い男性スタッフをひとり預かってほしいと頼まれたので、しばらく来てもらうことになった。

ある夕方、一緒にコーヒーを飲んでいると、またガチャガチャ、ドンドンと叩かれる。

「店長、これ、なんですか？」

スタッフはドアを開けたが、やはり扉の外には誰もいなかった。彼が「勘弁してくださいよ」と半べそ状態になったので、扉の外に盛り塩をした。

その日から、ぱったり現象はなくなったのだが――。

あれほど忙しかった店が暇になった。

「あたし、もったいないことをしちゃったんですよね。たぶん店にとっては座敷童子みたいな存在だったのかもしれません。それをあたしが追い出しちゃったんですよ」

実樹さんは嘆いていた。

二十七　不可解

現在、栃木県の某小学校に勤務する現職のベテラン教師から、若い頃にあったという話を聞かせてもらった。

彼がまだこの学校へ赴任してきたばかりの頃、毎年立て続けに教師が亡くなるという不可解なことが続いていた。

教師たちは、この学校には、なにかあるのではないか、次の犠牲は自分になるのではないかと恐れた。

ある日、職員が使う給湯室の天井裏から、おびただしい数の位牌が見つかった。

なぜそこに隠されていたのかは不明だった。

急ぎお祓いをしてもらったところ、その年から教師が亡くなることはなくなったという。

二十八　韓国料理屋

東京の新大久保にある韓国料理屋でアルバイトをしているあかりさん。

高校の授業が終わったあとの数時間のみの勤務だが、週に五日はシフトに入っていた。

店内に入るとテーブル席がいくつかあり、厨房の奥には座敷席がある。座敷は団体客以外は、よほどの理由がない限りは使用されていない。

ある日、料理長から「足りない食材があるから奥の冷蔵庫から取ってきてほしい」と頼まれた。冷蔵庫は、店内の一番奥、座敷席の横にある。

薄暗い通路を歩いていくと、突然真っ暗な座敷に灯りが点いた。そこに黒いワンピース姿の女が立っていて、手で顔を覆い隠し、肩を波打たせながらむせび泣いている。

灯りは一瞬でフッと消えた。

あかりさんはダッシュで冷蔵庫から食材を掴むと、元来た通路を引き返した。

すると、なにかに足首を掴まれて勢いよく転倒した。食材がバラバラと床を転がっていく。

料理長には食材をダメにしてしまったとだけ伝え、黒いワンピース姿の女については言及しなかった。

店は現在も同じ場所で営業をしている。

二十九　検品

町の印刷工場で働いているみき子さんは、ある朝、作業台でひとり、仕事をしていた。出勤時間にはまだ早いので、作業台の電気だけを点けていると、視界の隅に人影が見えた。隣室は商品の在庫をチェックする検品部屋になっている。

そこにいつの間にか灯りが点いていて、パートさんがいる。彼女はふだん作業着姿なのだが、この日はチュニックにジーパンという私服姿で、棚の上をじっと見つめていて動かない。

（なにをやってるんだろう）

一瞬目線を下ろしてもう一度見ると、検品部屋は真っ暗で誰もいなかった。

（そういえばあの人、今日は休みだったはず）

翌日、出勤してきたそのパートさんに昨日のことを伝えた。すると、彼女は目を丸くして答えた。

「昨日の午前中は墓参りに行っていたので会社には来ていません。でも、服装、ぴったりそれです。実は在庫のことが気になって墓参り中ずっと考えていたから、魂だけ来ちゃったのかもしれません」

三十　うずまき

不動産業をしている池田さんの元に、知り合いの不動産屋から連絡が入った。

一軒の平屋の貸家を店舗として使用していた借主がそこから出たので、また誰か紹介してほしいとの依頼だ。

さっそく同僚とふたりで現地へ向かう。

鍵は裏口が開いているというので、建物の横を通って裏に回ると井戸が見えた。家の下に半分ほどもぐった状態だ。

池田さんと同僚は顔を見合わせた。

裏から中に入ると台所で板の間になっている。その奥に広い畳の部屋がふたつ。今度は表の店舗の方へ向かって周りを見ながら歩いていくとトイレの扉が開いていた。

何気なく見ると便座の蓋が上がっている。どちらが先に気づいたかはわからない。

同時に「あっ」と声が出た。便器の蓋が渦巻いている。灰色の煙のようなものがウネウネ動いている。なんだか吸い込まれそうだ。

同僚を見ると彼も凝視している。すると、

「蓋しなきゃ、蓋しなきゃ、蓋しなきゃ」

そう言いながらトイレに入っていくと、無造作に蓋を閉める。

「だいじょうぶか?」

肩を叩くと同僚は、はっと我に返った。

「あれっ? 自分、なにかしました?」

池田さんは裏に回り外へ出た。トイレは、井戸の上に位置していた。

その日から同僚は体調を崩して、しばらくの間、休職することとなった。

あの物件は見送らせていただきます、と丁重に断りを入れたという。

三十一　バックヤード

法子さんがドラッグストアに入社してまだ間もない頃のことだった。

出入りの業者と打ち合わせをすることになり、バックヤードへ案内しようとすると、「怖くて中へ入ることができない」と拒否されたことがあった。その時は別な場所を用意したのだが、なんの話かわからなかった。

数日後、出勤時にバックヤードにいたスタッフに「お疲れ様です」と声をかけたが返事がない。中をのぞくと誰の姿もなかった。

それどころか電気も点いておらず、真っ暗だった。

疑問に感じながらもロッカーに荷物を入れて表へ出ようとしたところ、耳元で、はあぁッと深いため息が聞こえた。

走って店内へ行き、今あったことをパートさんに伝えると、

「そりゃあそうよ。当たり前よ。あんな事件があった場所なんだから。あら、もしかして知らなかった？　若いから知らないか」

現在のドラッグストアが建つ以前、ここには喫茶店があった。経営が傾き、閉店を余儀なくされた。オーナーは自宅ではなく、店内で焼身自殺をした。

ちょうど現在のドラッグストアの店舗のロッカー室兼バックヤードの辺りだった。

三十二　ミシミシ

「今でも忘れられません。一月の三日の晩、来たんです……」

由美さんは以前、競走馬を育てる牧場で働いていたという。

馬小屋の二階にスタッフ用の部屋があるので、住み込みをしていた。

ある真夜中、布団に横になっていると、引き戸の外の板の間をミシ、ミシ、と歩く足音がした。こんな遅くに誰だろうと思っていると、戸が開き、誰かが入ってきた。

部屋で飼っている犬がうなり声をあげる。

起き上がろうとすると、躰を押さえつけられた。躰じゅうを触られる感触がある。

小柄な四十代くらいの女が、かさついた手で左手を握ってきた。指をひねり上げると、女は飛び跳ねて由美さんから離れた。

月明かりで見える薄い影のようなものが部屋から出ていった。

しばらくの間、そのことは誰にも話すことができなかったのだが、何度か同じことが続いたので、ある日思い切ってパートさんに話すと、そういえば……と話し出した。

「一年くらい前にこの裏の林で、首吊った人がいるのよ」

不倫が原因で他県から流れに流れてこの町へ来たらしい。

四十代くらいの小柄で痩せた人で、ちょうど由美さんの部屋の窓から見える位置で首を吊っていたという。

三十三　開店準備

スーパーマーケットで働いている麻衣さんは、ある朝、開店準備の作業を行っていた。

狭い廊下の左手に男子トイレ、突き当たりには女子トイレがある。男子トイレの方へ向いて通路に背を向けてモップで床掃除をしていると、背後を客が通って女子トイレの中に入っていった。まだ開店前だ。

「お客様、まだオープン前ですよ」

そう声をかけながら、扉を開けて中へ入った。

ふたつしかない個室は、どちらも空いていて誰もいない。用具入れや手洗い場の下をのぞいてみたが、誰もいなかった。

ここには窓はない。

確かに見たはずだ。ワンピース姿でセミロングの若い女性が入った――。

「あれ？」

その時、はたと気がついた。

見ていない。通路に背を向けて床を磨いていたのだから。

なぜあの女性の容姿をはっきり覚えているのか、自分でもしばらくの間、理解に苦しんだという。

三十四　下りバス

路線バスの運転手をしていた男性の体験談である。

朝の七時から九時までの間、某団地入口からＪＲのＦ駅へ向かう上りのバスの車内は、通勤や通学客でいつも混み合っている。

逆に折り返しの下りバスには、ほとんど乗客がない。誰も乗車しない場合は終点まで行かず、途中で営業所に戻って朝食をとることができた。

ある朝、Ｆ駅のターミナルで停車していると、五十代がらみの着物姿の女性がエレベーターを降りてこちらへ向かってくるのが見えた。

女性はバスに乗車して、一番後ろの席に腰を下ろす。ミラー越しに草履と足袋が見えた。ちょうど発車時刻になったので、扉を閉めてバスを出した。

各バス停の手前で「次は○○、次は○○」とアナウンスを入れた。

ふだん乗客のない時は、営業所へ行って朝食をとるのだが、この日は女性客がいたので終点までいく必要があった。途中で乗ってくる客はほかにいない。

七つある停留所で下車のブザーは押されず、終点に到着した。

バスを停め、「終点、○○、○○」とアナウンスを入れてふり向くと、女性の姿がない。最後列まで見に行っても誰も乗っていなかった。途中、扉は開けておらず、窓から飛び降りることは考えにくい。

運転手は営業所に戻ると、同僚たちにこの話をした。

朝っぱらからそんなこと、あるわけない。窓を開けて降りたんじゃないのと誰もが鼻で笑っていると、別の運転手が「なんの話？」と割って入ってきた。

女のことを話した。

「俺もそれ、乗せたことある。終点で消える着物の女だろ？」

更にまた別の運転手が来て、同じような女を乗せたという。

決まって同じ時刻で朝九時前の下りのバスだった。

また、ベテランの運転手の話によると、駅前から終点までの中間地点に神社があり、誰も乗車していないにもかかわらず、時おりその手前でブザーが押されることがあるのだという。

三十五　札

元警察官から聞いた話だ。

夜、勤務をしていると、パトカーに乗車していた巡査部長が仮眠をとらせてほしいと交番へ立ち寄った。巡査が奥の仮眠室へ案内をする。ほどなくして、奥から怒鳴《どな》り声と物音がして慌てて見に行くと、巡査部長が首を押さえながら床で尻餅をついている。

なにがあったのか訊くと、巡査がいきなり殴りかかってきたという。

自分よりも階級が上で、ガタイの良い巡査部長にケンカを売るとは考えにくい。

巡査を落ち着かせて事情を訊いてみると、内容はこうだった。

巡査部長が仮眠室へ行くと、壁に封筒が画鋲でとめられているのを見つけた。

「なんだ、これ」

気になったので剥がそうとしたところ、巡査は「剥がさないでください」と、巡査部長の首をいきなり殴った。

封筒の中にはお札が入っていて、巡査はそのお札を剥がそうとした巡査部長を止めた部分もあったのだが、別な理由があったという。

部長の後ろに、女が覆いかぶさっていたので、それを突き飛ばしたのだと説明した。

お札はいつ貼られたものなのかはわからない。

もともと白かったはずのその封筒は、茶色く変色している。

今も、千葉県の某交番にそのお札は貼られている。

三十六　違反切符

片側一車線の県道で交通取り締まりをしていた警察官の話である。

その日の正午過ぎ、警察官は信号機のない横断歩道近くの交差点で交通取り締まりを行っていた。

するとそこへ黄色いTシャツを着た男子小学生が歩いてくると、横断歩道前で立ち止まった。左右を確認しながら渡ろうとしている。

ところが、一台の乗用車が停止することなくそのまま通り過ぎたので、歩行者妨害で停めた。

「なぜ停められたか、わかりますか」

「こどもが渡ろうとしていたからですかね」

運転していた中年女性には妨害をした自覚はあったようだ。彼女の言い分としては、こどもは進行方向とは反対の右側に立っていたので、違反にはならないだろうと思ったということだった。

「こども相手なら、なおさら停まらなきゃダメですよ」

「そうですね、すみません」

女性は素直に認めたため、切符をきった。

数時間後、辺りが暗くなりはじめた頃、先ほどの女性がノートパソコンを抱えて交番へやってきた。

「違反について確認したいことがあります」

クレームかと思ったのだが、ドライブレコーダーのデータを見てほしいと言う。

「家に帰って反省しましてね、家族にも、こういった違反もあるから気をつけようねと一緒にデータを見ていたんです。でも、ちょっと見てください」

画面をのぞき込むと、黄色いTシャツ姿の男の子が映っていない。

「あれ？　ここの、横断歩道のところに、男の子がいたはずですよね」

「そうなんですよ。いたはずなのに、映っていないんです」

交差点を通過して警察官が女性に声をかけ、車を停めるところまでの一連の流れが動画として残っているのだが、違反のきっかけとなったこどもは映っていない。

「いったいこれはどういうことなのでしょうか」

それを確認したくて来ましたと女性は言う。

あの辺りには、市営の団地や小学校、幼稚園等が点在している。

最近、新しいスーパーが建ち、道路向かいの団地に住む高齢者が頻繁に横断するようになった。それなりに交通量も多いのだが、信号機がない。スーパーができてから一か月で四人の死亡者が出ている。

事故防止のために取り締まりを行っていたのだが、妨害の事実はなかった。結局、警察官の見間違いとして違反は取り消しとなった。

上司からは見通しの良い横断歩道でなぜ見間違えたのだと叱られたが、違反者の女性も「本当にいましたよね」と逆にフォローしてくれたという。

三十七　出るな

この警察官は、パトカー勤務をしていた時にも別な体験をしている。

ある深夜、後輩の巡査と市内のパトロールに出ていた。夏が過ぎ、ようやく涼しくなりはじめたので、少し窓を開けて夜風に当たりながら走っていた。

コンビニの手前の横断歩道の交差点で信号が赤になり、車を停める。一番先頭で、対向車や後続車もなかった。

助手席の巡査は、疲れが出たのか俯いていた。しばらく起こさずに放っておくことにした。やがて信号が青になり、アクセルを踏もうとすると、

「出るな！」

助手席の巡査が大声で叫んだ。彼は後輩で、ふだん穏やかな性格なのでその怒声に驚いた。その時、コンビニ側から反対側の方に向かって、障害物ありの人感センサーが「ピーッ」と警告を知らせる音を鳴らした。それと同時に右から左に向かって生臭い血の臭いが車内に入ってきて、それで思い出した。

一年前の真夜中、仮眠をとっていると同僚に起こされた。コンビニ前で大きな人身事故が起き、国道を規制するので人手が必要だからと出動した。

コンビニから反対側に向かって赤信号の横断歩道を渡っていた歩行者がトラックに跳ねられたという事故だった。

現場に駆け付けると、あたりには強烈な血の臭いが充満していた。

ちょうど一年前の今日、このコンビニの前で起きた事故だと気づき、助手席を見る。

巡査は、目線を下ろしたまま言う。

「今、目の前を通っていきました。だから、出るなって言ったんです」

寝ていたのではなく、「それ」を見ないように俯いていたようだ。

三十八　友引

関東の某総合病院で看護師をしている女性からこんな話を聞いた。

ある日、事務から間もなく心肺停止状態の患者が運び込まれるとの連絡が入った。すぐに受け入れ態勢を整える。ほどなくして蘇生措置を受けながら運ばれてきたのは、三十代後半の小太りの男性だった。父親と兄弟が同行してきた。

ＥＲ（救急救命室）で処置が行われたが、男性は助からなかった。死因は心筋梗塞で突然死だった。医師が家族に死亡宣告をする。家族はうなだれていた。

看護師はエンゼルケアのため、ひとりＥＲに残った。外来だと人手がどうしても足りず、ある程度のケアはひとりでする必要があった。家族には廊下で待つよう伝え、鍵を閉めて処置をはじめた。

亡くなった男性は、しばらくの間風呂に入っていなかったのだろう。髪や髭は無造作に伸びていて、酷い臭いだ。片腕を拭いただけでもタオルが茶色くなった。どんな事情があったのかはわからないが、

「お躰、きれいにしますからね」

優しく声をかけながら処置を続けた。髭を剃り、髪を整えていると、ふいに壁にかけてあったカレンダーに目がいった。ふだん忙しくて気にもとめないのだが、なぜか目線がそちらに向いたのだ。

「――今日は友引か」

思わずつぶやいた時だった。すぐそばで、はあぁと深いため息が聞こえた。ふり向くと、小柄で痩せた七十代くらいの女性が立っている。ギョッとして身動きもとれずにいると、女性はつぶやく。

「この子のことだけは、私、おいて行かれないんですよ」

女性は亡くなった患者をじっと見つめながら消えた。

看護師は深呼吸をして処置を再開した。

処置を終えて廊下で待つ家族を呼びに行く。すると、父親が言う。

「実はつい先日、妻が、この子の母親が亡くなったばかりなんです」

お通夜と葬式を終えたばかりなのだという。

息子さんは長い間、引きこもりだったと父親は涙ながらに話した。食事だけは部屋の前に運んでいたが、もう何年も会話はしていなかった。

心配した母親が、そんな息子を連れていったのではないかと看護師は言う。

「昔は友引の日にお葬式をすると誰かを連れていくから避けるという風習がありましたけど、現代ではそこまで気にする人もいなくなりましたね。でも、本当にこういうことってあるんだと思います」

彼女はそう語った。

船

船

体験者（北海道・正也さん）

二十年くらい前、青森から函館行きのフェリーに乗ったことがあります。

朝方、遠くに函館山が見えてきて、荷物をまとめて下船の準備をし終えたあと、外の空気を吸いに甲板に出ました。
二、三分ほどして客室に戻ろうとドアを開けようとしたら、入れ替わりで二十代後半くらいの女性が出てきました。
その時、その女性と目が合ったんです。

じっと私の顔を見てくるので違和感を覚えつつ中へ入ると、船はスクリューが逆回転するような、すごい音を立てて急ブレーキをかけました。

先ほどすれ違った女性が船に飛び込んだんです。

それで私、思い出したことがあったんです。あの女性を見たことがあったんです。

ひと月ほど前から、夜眠っていると部屋の隅に立って私をじっと見ていたんです。

三十九　水上の棺桶

船のエンジンや電気など、機械の運転管理を行う機関長の林さんから聞いた話だ。

彼がまだ若かった頃働いていた会社でのできごとだという。

三級以上の航海船の免許を取得するためには、日付変更線をまたぐか赤道を越えなければならない決まりがある。その会社で林さんは、学生たちを乗せて一か月かけて海外へ行き、また一か月かけて戻ってくるという遠洋航海を行う訓練船に乗っていた。

日本を出航して少し経った頃、船内で奇妙なことが起きはじめた。

航海中の船は揺れるので、扉が勝手に閉まらないようにバックフックが掛けてある。それが勢いよく閉まる。また、エンジンルームの監視モニターが勝手につく。誰もいないのに足音が聞こえる。日を追うごとに不可解な現象が増えていく。

ある日、林さんは先輩に理不尽に怒られていた。目つきが悪いとか、生意気だとか、なんともくだらない内容に辟易していた。すると、先輩の後ろに設置してあったテレビが「ブン」と音を立てて電源が入り、砂嵐が流れる。その砂嵐の間から、若い男性の顔がチラチラと映っている。先輩の説教などもう一切耳に入ってこない。

「先輩、後ろ見てください」

テレビを指さすと、先輩は「聞いてんのかよ」と言いつつふり向いた。見る間にその顔は青ざめ、そそくさと出ていった。別の先輩にその話をしたところ、「ああ、命日だ」と、思い出したようにこんな話をしはじめた。

林さんがこの会社に就職する数年前、同じように海外に向けて遠洋航海をしていた。その行きの船の中で、ひとりの船員が先輩から酷いパワハラを受けていた。

「お前はなにをやっても使えない」「やめろ」「消えてくれ」「もう降りろ。降りたら楽だぞ。ほら、まわりは海だ。今すぐ降りろ」

毎日のように責め続けられた。逃げ場を失ったその船員は、船の中で首を吊って自殺したという。最近船の中で不可解なことが起きていたのは命日が近づいてきていたからだろう。そして、理不尽に攻撃されている林さんを見て許せなかったのだろうと先輩は言った。さらに、

「船乗りや漁師の間では、こう言われています。『船は鉄の塊だから、入ったら出られない棺桶なんだ』って。だから、船は怪奇現象が多いんです」

現在林さんは、観光客を楽しませるための遊覧船に乗船し、人々に笑顔を届けている。

四十　どん、どん

トラックドライバーをしている村木さんは以前、北海道行きのフェリーで偶然居合わせた別会社のドライバーから、奇妙なモノを見たと聞かされた。

深夜、トイレに入ると、奥の方から、どん、どん、と音が聞こえてきた。扉の音かとも考えたが、航海中の船は揺れるので、勝手に開閉しないようにバックフックがかけられている。音の正体は扉ではなさそうだ。出どころを探すべく辿っていくと、トイレの用具入れの中から聞こえる。掃除用具が、船の揺れに合わせて壁にぶつかっているのだろうかと開けてみた。

――黒い影のような人型がこちらに背を向けて立っている。それは、船が揺れる度に自分の頭をトイレの壁にぶつけていた。

「たまげたよ。慌てて扉を閉めて逃げたよ」

ドライバーはそう語ったという。

四十一　ブチ、ブチ

村木さんはそれからしばらくして再び北海道行きのフェリーに乗船した。

深夜、缶ビールを飲んでいるとトイレに行きたくなった。中へ入ると奥の方から、どん、どん、と音が聞こえてきた。

(なんだろう)

音は用具庫から聞こえる。その時、以前に居合わせたドライバーが語っていたことを思い出した。一瞬ドキッとしたものの、ほろ酔いで少し気が大きくなっていたので、勢いよく扉を開けた。

本当にいた。黒い影のような人型が後ろ向きにいる。あのドライバーが言っていた通り、船の揺れに合わせるように自分の頭を壁に打ちつける。その度にどん、どん、と音が鳴る。

村木さんは思わず、

「てめえ、コノヤロウ！」

と、そいつの肩を掴んだ。すると、黒い人型はゆっくりとふり向いた。その顔を見た村木さんは、後ずさった。

黒い人型の顔は——自分だった。

「うわっ」

慌てて自室まで走りカーテンを開けた村木さんは、更に腰を抜かすほど驚いた。ベッドの上に、自分が寝ている。

「どうなってるんだよ！」

人のいるロビーへ行こう。ところが、本来であれば深夜帯でもそれなりに乗客や船員もいるはずなのに、誰もいない。しんと静まり返っている。

なにか変だ。

甲板は？　と扉を開けた途端、上階甲板から黒い人が逆さまに落ちてくると、目の前を通りすぎて、暗い海の中に落ちていった。

手すりから身を乗り出し、海をのぞき込む。すると、背後の扉が開く音がした。ふり向くと、先ほどトイレの用具庫で見た自分がいる。もう一人の自分は、虚ろな目をしたまま近づいてくると、腕を伸ばして村木さんの首を絞めた。

必死に抵抗して、もう一人の自分の髪を掴むと、勢い良く引き抜いた。

ブチブチッ！

鈍い音が聞こえたと同時に目が覚めた。
フェリー内の自分のベッドで寝ていた。
(夢、壮大すぎるだろっ)と苦笑いをした時に、右手に違和感を覚えた。
誰のものかわからない、無数の髪の毛を握りしめている。

子

子

体験者（千葉県・ノリさん）

その日、給食で好物が出たので、すぐに食べ終えて一番に教室を出たんです。

体育館へいくと、壁に設置してある雲梯《うんてい》の両脇に、

見たことのないふたごの女の子が立っていました。

僕が中へ入っても一点を見つめていてこちらを全く見ませんでした。

知っている子もいないから校庭に出てみんなが来るのを待っていたんですけど、

誰も出てこないんです。

昼休みは四十五分間なんですけど、三十分くらい経っても誰も来ないんです。

しんと静まり返っていて、なんの音もしない。

変だなと思ってもう一度体育館へ行きました。

相変わらずふたごだけが立っていて、なんとなく怖くなって教室の方へいくと、

ざわめきが聞こえてきて、みんなまだ給食を食べていました。

時計を見たら、僕が教室を出てから五分しか経っていませんでした。

四十二　トランポリン

誠君が保育園に登園すると、最近休みがちだった仲の良いともだちのユウタ君が久しぶりに来ていた。

一緒にトランポリンで遊んで、下にもぐり込むと、ユウタ君が目の前で消えた。

慌てて先生のところへいった。

「先生、ユウタ君がいなくなっちゃったよ」

先生は泣いていた。

「電話があって、ユウタ君、さっき病院で亡くなったそうよ」

四十三　児童公園

四十年ほど前、当時小学生だった博光さんは、よくともだちと近所の児童公園で遊んでいた。

その日はいつもより公園を出るのが遅くなってしまった。

「そろそろ帰ろっ」

走って公園を出ると、正面からピンク色のシャツにスラックスを穿いたおじさんが歩いてきた。すると、突然首を絞められた。まだ躰の小さかった博光さんは、そのまま簡単に持ち上げられた。こどもながらも、死んじゃう、怖いと足をジタバタさせた。

どのくらいそうされていたのかはわからない。死を覚悟した時、

「博光！　博光！」

母親の怒鳴り声がした。

男は慌てたように手を放してその場を立ち去った。博光さんは高い位置から地面に落とされ尻餅をついた。母が助けてくれたのだとホッと胸を撫でおろした。

ともだちの姿はなかった。

帰宅途中で博光さんは母親に訊いてみた。

「さっきのおじさん、どこ行ったのかな？」

「おじさん？」

「さっき僕のこと、首絞めたおじさん。ママが大声で僕を呼んでくれなかったら、どうなっていたかわかんないよ」

母親は首を傾げる。声はかけていないし、男の姿も見ていないという。

帰りが遅かったから心配して迎えにきたところ、児童公園を出た歩道脇にある地蔵尊の前でひとり、ぼんやり佇む息子を見てかけよってきたということだった。

四十四　カバ

大阪市阿倍野区に桃ヶ池という名の池がある。

ヒカルさんは小学三年生の頃、ともだちとそこへ魚釣りに出かけた。真夏の三時頃で、日は高い。

ヒカルさんは走って先に池のほとりに着いた。水面を見ていると、ぷくぷくぷくと泡が出てきた。

「あれっ？　泡が出てる。なんやろ」

その泡の下から大きな真っ白ななにかが現れ、大きな口を開けた。黄色い鋭い牙が見える。巨大なカバだと思った。カバは口をゆっくり閉じると再び池に潜っていった。

「出たー！」

ヒカルさんは釣り道具を投げ出し、ともだちを置いて血相を変えて自宅に帰った。

なにがあったんやと訊く家族にあの白いカバのことを話したが、笑って信じてもらえなかった。

あくる日、一緒に釣りにいったともだちにも言ったのだが、見ていないという。

三十数年が経ち、未だに交流のある件のともだちに話してみると、

「嘘や。お前、いつまでそんな嘘をつくんや」

笑って相手にしてもらえなかった。

「でもね、今でもはっきりとあの白いカバのヌメッとした見た目、口の中の様子が脳裏に焼き付いているんですよ。それでね……」

つい最近、風邪をひいて病院へ行った際、順番が来るまで待合室で待機していると、ラックに置かれている一冊の本が目にとまった。

『阿倍野区の民話』というタイトルだ。ふだんはまったく興味を持たないはずなのに、なぜか不意にそれを手にしてソファに腰を下ろした。パラパラめくっていくと、桃ヶ池にまつわる話が書かれていた。

いつの頃からか、桃ヶ池の中に大きな蛇が住み着くようになった。村人も蛇の存在を恐れて池には近づかなくなった。この話を聞いた聖徳太子が使者を出向かせ退治したという内容だった。

「だから、昔私が見たのは、カバじゃなくて蛇だったのかもしれません。みんな、笑って信じてくれませんでしたけど、三十年経ってやっと答えが出た感じがして嬉しいんですよ」

四十五　犬

こどもの頃、自転車で坂道を見つけると、速度をつけてブレーキをかけずに下りるという危険な遊びを経験した方は少なからずいるだろう。

まみさんが小学生の時に住んでいた団地の敷地には、急な坂道があった。

ある夕方、塾帰りに自転車でその坂道を下っている最中、わざと速度をあげてみた。スリル満点で胸が高まる。想像していた以上にタイヤは高速回転し、スカートがバサバサと音を立てる。頭の片隅では危険なことはわかっている。でもやめられない。

両足をペダルから離し、開脚しながら下り続ける。その時、自分の真横で同じ速度でなにかが付いてきていることに気がついた。チラっと横目で見ると、巨大な犬がいる。

まみさんと同じ速度で空中を走りながら坂道を下っていく。驚いてブレーキをかけ、そのまま転倒して傷だらけになった。犬は消えていた。

それからというもの、坂道を下る時には必ず速度を上げるようにした。

あの犬ともう一度会いたい。あれはいったいなんなのだろう。

何度か試してみたが、ある程度の速度に達さなければ犬には会えない。その子に会いたさ故に何度も高速で坂を下った。何度も転倒して、膝がえぐれることもあったが、どうしてもあの子に会いたいのだ。

ある日、ともだちと塾へ行った帰り道に、どちらが速く自転車を漕ぐことができるか競い合っていた。まみさんは日頃から鍛えているので、圧倒的に速かった。ともだちをおいて、猛スピードで横断歩道を渡った。

「待って」

背後でともだちが叫んだ少し後、ドンと大きな音がした。

ブレーキをかけてふり向くと、トラックの下にともだちの頭がすっぽり入っていた。

その日を境に、あの犬の姿を見たいとは思わなくなった。

四十六　縁石

時々、怪談ライブの終演後にお客様から体験談を聞かせてもらうことがある。

先日、地元が近所だという女性が、小学三年生の頃にあったという不思議なできごとを話してくれた。

その日、ともだちと遊びにいく約束をしていた彼女は、自宅の敷地で自転車にまたがると、勢いよく歩道に出た。その歩道は車道より十五センチほどの高さがあった。本来なら車道を走らなければならないのだが、なんせ急いでいた。立ち漕ぎをしようと腰をあげたところでバランスを崩し、自転車ごと車道に倒れた。

この辺りは田舎道で、ふだん車の通りは少ない。しかし運悪く、背後から迫るタイヤの音が聞こえた。起き上がることもできず、頭を抱えて縮こまり、死を覚悟した。せめて痛くありませんようにと祈りながら。

と、ふいに腰のあたりを誰かにひょいと持ち上げられ、そのまま歩道に落とされた。直後、急ブレーキの音と鈍い音がした。

目を開けると、車道に倒れた躰は、歩道に移動しており、自転車だけが潰されていた。車の運転手はハンドルを握りしめながら茫然としている。誰か助けてくれたのかと見渡してみたが、あたりには誰もおらず、気配さえもなかった。

おとなになった今も、あの時持ち上げられた腰の感触が残っているのだという。

四十七　素直に

おじいちゃんの家に遊びに行った時、お母さんが親戚のおばさんたちと、こどもには素直に育ってほしいって何度も言っている。嘘をつかない良い子になってほしいって。

だから嘘をつかずに言うね。

あの奥の布団部屋の中から、赤ちゃんがハイハイして出てくるよ。ほら。出て来た。

赤ちゃん、おる。来よるよ、来よるよ。

あれ？　みんなどこ行くの？　逃げないで。素直に言ったのに。

四十八　林間学校の夜

修学旅行や林間学校で奇妙な体験をしたという方から、時々話を聞く。

琴美さんは、中学二年生の夏に、林間学校で栃木県の湖畔にあるキャンプ場へ行った。現地に到着すると、古いバンガローと比較的新しいバンガローが数十棟点在しており、琴美さんの班は新しい方だったので、ホッとしたのを覚えているという。

荷物を置いて外に出ると、向かいの古いバンガローの前で他のクラスの生徒が騒いでいる。一番奥の天井に、おびただしい数のお札《ふだ》が重なるように貼られていたらしい。生徒たちは大騒ぎだったが、夕食作りやキャンプファイヤーをしているうちに、お札のことなどすっかり忘れた。

その夜、琴美さんは二階で仲の良いともだちと三人で並んで横になった。ひとりはすぐに眠ったようだが、ふたりは消灯時間が過ぎても小声でおしゃべりを楽しんでいた。

窓を開けると、湖畔から心地よい風が入ってくる。

すると、外からザワザワと声が聞こえてきた。誰か外に出ているのだろうか。琴美さんたちは、二階の窓から外を見下ろした。

顔を少し出して、左右を見回す。すると、ともだちの顔が、ある方向を見て止まった。ともだちは琴美さんを見ると、湖畔を指さす。

真っ暗な中、白く霧がかかったように明るく光っている場所がある。そこで白装束のような着物を着た何十人もの人たちが湖へ向かい、頭を少し下に傾けて正座をしている。ふたりはパニックを起こし、叫び声をあげる。騒ぎを聞きつけた担任に説明したが、早く寝なさいと怒られた。しかし琴美さんは興奮状態で朝まで寝付くことができなかった。

朝の自由行動の時間にあの明るく見えた場所にともだちと確認をしに行ったところ、そこは腰ほどの高さの笹が生い茂っていて、とても人が入れるような場所ではなかった。正座をしていれば笹に隠れて見えるはずもない。

先生方は外を見回っていたが、そんな人たちの姿は見ていないという。

四十九　遠足

竹村さんは中学二年生のとき、遠足で新潟県のとある山へ行った。

広場で弁当を食べたあと、自由時間になった。ふと見ると担任が数人の生徒を連れて山へ登っていくのが見えた。

(自分も行こう)

先頭に担任、生徒たちはその後ろに一列になって登っていくので、竹村さんは最後尾についた。しばらく行くと、行き先が明るくなってきた。そろそろ到着なのかなと、なにげなく下を見ると、ずいぶんと登ってきていた。

顔をあげると、目の前にいた担任や生徒の姿がない。もう一度下を見ると、道などなく、藪の中に立っていた。

その後、無事に保護されたのだが、担任とほかの生徒は山へ入っておらず、自由時間はずっと広場にいたという。

五十　遠征

友美さんが小学生の頃に所属していたミニバスのチームは、大会に出場する度に上位に入るほどの強豪校で名が知られていた。

その年の夏、チームで岩手県まで遠征をすることになった。

日中は試合をして、夕方まで練習をし、ホテルに一泊する。保護者も数名来ていた。

一部屋三人ずつに分かれて布団に入る。疲れもあって、ほかのふたりはすぐに眠ったようだったが、友美さんはなかなか寝付けなかった。

ぼんやり天井を見ていると、上からにゅうっと足が出てきた。

「えっ?」

足に続き、腰、胴体がゆっくり下りてくる。それは、友美さんの顔すれすれの所を通っていく。やがて顔が見えた。苦悶の表情を浮かべた女の人だ。声を出すこともできないほど恐ろしかった。女はそのまま床に沈んでいった。

すると、扉が激しくノックされた。出ると、チームのコーチだ。

「寝ているやつも起こして、荷物をまとめて全員ロビーに集合」

慌てた様子でそう言うと、すぐに別の部屋の扉を叩きに行ってしまった。

真夜中の一時だ。なんでだろうと疑問に感じながらも、寝ているともだちを起こして荷物をまとめてロビーへ下りた。

みな集まってきて待機していた。コーチのほかに保護者も何名か同伴していたので、なにがあったか訊ねてみたが、なにも答えてくれない。しばらくして別のホテルに移動した。

後日、母親に事情を訊いた友美さんに衝撃が走る。

あの日、ホテル内で殺人事件があったのだという。

五十一　夕暮れの体育館

四十年ほど前のできごとだという。

美紀さんは、下校途中で宿題を体育館の二階に忘れてきたことを思い出した。

もう夕方五時過ぎで、ひとりは心細い。ともだちに頼んで一緒に走って取りに戻った。

体育館は木造の古い造りで、鍵もかかっているのだが、こどもたちだけが気づいている隠し扉がある。膝をついてギュッと押すと開く。先に中へ入ってともだちを手招いて階段で二階へ駆け上がった。

上がると右側に窓、廊下がある。手前の部屋でノートを見つけたのでランドセルに入れて廊下に出た。すると、後ろでガタンと音がした。ふり向くと、木造の窓が開いてフワッと白い布のようなものが外に出た。

「え、なに?」

慌ててふたりで窓のところまで行って外を見た。

窓から三、四メートルほど離れた空中で、髪の長い女の人が後ろ向きで白いシーツのようなものを躰にまとって、ふわふわと上下に揺れながら浮いている。

「うわっ！」

思わず声を出すと、女はゆっくりふり向こうとした。美紀さんはともだちの手をつかんで走った。途中、ふり向くと、女は廊下で浮いたままこちらを睨んでいた。

悲鳴をあげながら階段を駆け下りる。踊り場の壁に掛けてあるホウキやバケツがガランガランと音を立てて落ちてくる。

夢中で隠し扉から外へ出た。

少しして、体育館は不審火で焼け落ちた。

五十二　放置

部活を終えて、校庭で道具を片づけていると、どこからかボールをつく音が聞こえてくる。ほかの部活動の生徒もみな帰っているはずなのに、まだ誰かいるのだろうかとふり向くと、校庭の真ん中でサッカーボールをリフティングしている生徒がいた。

その生徒の躰が徐々に発光し、赤くなっていく。

茫然と見ていると、後ろから肩を叩かれた。見回りをしていた運動部の先生で、彼も赤く発光する生徒を見ている。

「あの子のことは放っておいてくれ」

先生はそう言うと職員室へ戻っていった。

五十三　忠告

浩一さんが中学生だった時に体験したできごとだ。

ある早朝、ともだちとふたりで電車に乗り込んだ。

その車両に乗車していたのは彼らふたりだけで、ほかに乗客はいなかった。窓を開けて手を出して、風が当たるのを楽しんでいた。ついはしゃいで、ふたりで窓から顔を出すと、耳元で「危ない」と声が聞こえた。反射的に窓から顔を引っ込めた。

その直後、電車はトンネル内に入る。ともだちと顔を見合わせて辺りを見たが、誰もいなかった。

あの時、顔を引っ込めていなければ、どうなっていたのだろう。

声は、ふたりの真ん中から聞こえたという。

村

杉

体験者（長野県・正子さん）

学校から帰ってきて廊下で仰向けになっていると、兄が玄関の戸を勢いよく開けて中へ飛び込んできました。

「火の玉が出た！」

そう言うと虫捕り網とカゴを掴んで表に飛び出していきました。

外では父が「早くしろ」とせかして、ふたりは揃って山の方へ走っていきました。

遠くの方に青白い光がチロチロしているのが見えました。

私も後を追いかけましたが、まだ小さかったので追いつくことはできませんでした。

しばらくして父と兄が帰ってきたのですが、火の玉は空中で消えたみたいです。

うちの村では山の上に浮かぶ提灯の行列や川に佇む女の霊を見たという人もいます。

私ですか？　私は光る鎖においかけられたことならあります。

五十四　森の集落

三重県のとある村には、漁港と反対側に高い深い山がある。

明さんは毎年夏休みになると、祖父母が暮らすその村に泊まりに行っていた。夜は海で魚や貝を捕り、山ではクワガタを捕まえ、家の前で花火をする。それが毎年の恒例行事だった。

小学四年生の夏、夜、お風呂に入った後で涼みがてらクワガタでも捕りにいくかという話になった。昼間のうちにクワガタが捕れそうな木を何本か探しておいた。

ご飯を食べ、お風呂からあがったのが八時くらい。

祖父母や両親、親戚、いとこたちと一緒に、ライトを持って山の方へ向かって歩きだした。

ノコギリクワガタやミヤマクワガタはよく捕れるので珍しくはない。ヒラタクワガタは警戒心が強くなかなか捕まえにくい。好戦的で、サイズは小さくとも自分より大きな相手を果敢に蹴散らしてしまうような強さも持っている。そんなヒラタクワガタを一匹持っていたら虫相撲で勝てる。今夜の目標はそれだ。

明さんは、同い年のいとことはしゃぎながら先に走っていった。

背後から家族がやって来ている。

「そんなに走ってあんまり深くまでいったらあかんよ。夜、危ないよ」

おばあちゃんの声は聞こえていたのだが、クワガタを捕まえたい一心でどこ吹く風だ。

適当に「はいはーい」と返事をしてふたりは森の奥へ入っていった。

昼間見つけた木を探す。

「あれ？　この辺かな。違ったかな」

山道をどんどん入っていくが、どうも目当ての木が見当たらない。

おかしいな。この辺だったのに。

いつまで経ってもたどり着けない。

もうちょっと先かな。

森が深くなっていく。

しばらく行くと、ふいに田んぼが現れた。

こんな山の中に田んぼ？　来過ぎたのかな。ふり返ってみると、家族の姿は見えなくなっていた。ふたりははじめて来たこの辺りを探索することにした。

家が何軒か建っている。ところがどうも造りが古い。平屋の茅葺《かやぶき》屋根で、まるで昔話にでも出てくるようだった。

電柱も街灯も電気らしきものもない。どの家も真っ暗で灯りは点いていないが、人が生活している息遣いや気配は感じる。

「誰かいますか」

「こんばんは」

呼びかけてみたが、応答はなかった。

ここは、どこだ？　完全に道に迷ってしまった。帰ることはできるのだろうか。だいぶ森の奥深くまで来てしまった。もう、戻らなければ。

急激に不安になったふたりは、道を戻ることにした。しかし、知っている道や木は見あたらない。焦りだした。すると、遠くでチラチラ灯りが見えた。

家族がやっと追いついたのかなと思うと知らない男の人だった。

「いたいた。僕たち、だいじょうぶ？」

「はい。だいじょうぶです」

「ふたりともいたぞ！　こっちおいで」

男性に連れられて歩いて行くと、警察の人もいる。おばあちゃんが、真っ青な顔で、

「だいじょうぶだったんか。どこ行ってたんや」

と、駆け寄ってきた。

山の奥へ勝手に行ったらあかんよと言われていたのを聞かなかったことに怒っているようだった。

「なにしてたんや！」

クワガタの木を探していたら、変なところに出た。森も抜けて見たことのない集落があったことを伝えると、

「そんなはずないやろ。とりあえず腹、減ってるだろうからご飯食べ、飯食え」

と、ご飯を出された。夕ご飯を食べてお風呂に入った後だった。

「なんでご飯なん？」

「あんたら、もう二日も帰ってきてへんねんで」

祖母がおかしなことを言う。森を探索していたのは体感でせいぜい三十分ほどだ。長くとも一時間くらいしか経っていないはずだった。

声をかけてくれたのは、地元の消防団の人と警察だった。大人たちは明さんといとこが行方不明になったと聞いて探していたのだという。

山に入って戻るまで、二日が経っていた。

こどもふたりはすぐに姿が見えなくなった。えらいことになったと地元の人や近所の人たちが、捜索願いも出して大騒ぎになっていた。

明さんたちにとってはまったく身に覚えのないことだった。ただちょっと変な集落に出てしまったと思っただけだった。あとで警察には、こう説明した。

「僕らはクワガタを捕ろうと思って森へ入ったら変な集落に出たんです。行き過ぎたと思って戻ったら消防団のひとに保護されました」

「じゃあその間どうしてたんや」

自分たちは見知らぬ集落に出たと訴えたのだが、そんなところに集落などないという。そんなはずはない。あの森の中には田んぼも集落もあるわけがない。二日間も森の中でどうしてたんやと責められた。

だからこうだと何度説明しても正直に言いなさいと言われる。いとこと揃って説明したが、大人には信じてもらえなかった。山のなかでパニックになって、実際にはありもしないことを夢にでも見たのだろうと信用してもらえなかった。

地元の人が「ない」という。「そんなところがあるはずがない」という高圧的な大人の態度に言い負かされて話は終わってしまった。

昼になって警察と森へ入った。あの夜見つけることのできなかったクワガタの木はあった。ところがこの先に確か茅葺屋根の集落があったと進んでいったものの、森が深くなるばかりでそれらしきものはどこにもなかったため、こどもたちの妄想だと片づけられてしまった。

あれから四十年近く経つ。その村にいる親戚に聞いてみても、やはりあの森の中には集落などないと答える。

ではあの時、自分たちが見たものはいったいなんだったのだろう。いまだに不思議でならない。

明さんたちは一時間程度の時間だと思っていたのだが、実際には二日間も行方不明になっていた。

祖母が「腹減ってるだろう。飯食え」と言っていたのは、丸二日なにも食べていないふたりがさぞ空腹だろうと思ってのことだった。

しかし、彼らからすれば、ご飯を食べてお風呂に入って間もなかったので、まったく空腹ではなかった。

祖母は首を傾げてこんなことを言っていた。

「たしかに、あんたらは風呂に入ってからパジャマで行ってるんやから、二日間も森の中にいてたら汚れると思うし、汗もかくはずなのに、保護された後、まったく汚れていなかった。なにより、お風呂に入ったあとのシャンプーや石鹸の良い香りがしていた」

それは不思議なことだと警察の方も首を傾げていたという。

五十五　赤い●●●

山口さんは、佐賀県の山岳集落に住んでいた。

ゲームやスマホのない時代。こどもは専《もっぱ》ら外で遊ぶものだった。

学校のグラウンドで野球をしたり、山の中へ入ってけもの道で追いかけっこをすることが常だった。

小学三年生のある日、ともだちとふたり、いつものけもの道へ入っていった。

猪の罠を見つけてはそれを避けて新しい道を探し、木の実をもいで口に入れる。虫捕りに追いかけっこ。夢中で遊んでいると、急に辺りが暗くなった。

まわりを見ると、今まで来たことのない場所だった。

何年も遊んでいたので知らないはずはない。もう少し行けば見知った所へ出るだろうとそのまま山を登っていくと、道の先が明るくなっている。それを頼りに進んでいく。

すると、野原に出た。初めて見る場所だった。その原っぱの隅に、赤い丸い置物がある。なんだろうかと見ていると、動いた。球体の上に耳が出てくると、手足が出てたちまち兎《うさぎ》の形になった。

なんとなく、見てはいけない気がしてともだちの手首を掴むと「わあっ」と声を出して山道を下った。

しばらく走っていくと、ようやく元の見慣れた場所に戻ってきた。

家に戻ると、母親が玄関先に立っている。なんだか怒っているようだ。

「あんた、どこ行ったとね！　なに見てきた！」

ものすごい剣幕でまくしたてる。その勢いに押され、山の話をすると、母親はさらに言う。

「兎、見たとね。真っ赤やった？」

全身が真っ赤であったことを伝えると、母は続けて言う。

「なんでそんな所、行ったとね。あんた、兎の顔は見たとね。兎と目を合わせたとね」

母親は、怒ったように続けた。後ろ姿しか見ていないと答えると、母親はホッとした様子でため息をつき、「ちょっとおいで」と仏間へ手を引いていく。

「あんた、ここに座んしゃい」

母親は物々しい白い装束に着替えると、

「あんた、ずっと目ば、つぶっときんしゃい」

目を閉じて座っていると、なにかを唱えだした。頭上でバサバサと聞こえる。

しばらくして、目を開けることを許された。

「もう大丈夫けん」

何が何やらわからなかった。母親は、しゃがみ込むと、山口少年の手を握った。

「あんた、絶対に赤い兎のこと、誰かに話しちゃいかんよ。絶対にしたら、いかんけんね」

あまりにも念を押されたので、「言わん」と約束をした。

一週間後のこと。学校の朝の会で、担任から報せがあった。

「○○君が、亡くなりました」

あの日、一緒に山へ登ったともだちが亡くなったという。帰宅すると、また母が怒っている。

「あの日、○○君は、兎、見たとね？　なんで今、言ったとね。だからそげなことになったんやろうが」

更に怒りの表情を浮かべた。わけもわからず謝ることしかできなかった。

その夜、母親に連れられてともだちの通夜へ出かけたのだが、一切顔を見せてもらうことはできなかった。

赤い兎となにか関係があるのだろうか。

「あんた、赤い兎のことは、これから先も誰にも言ったらいかんけんね」

「私はその話を、会社の昼休憩の時に山口さんから聞いたんですよ。こどもの頃の思い出話としてね。でも、この話って、誰にもしたらいけないんじゃなかったですかと聞いたんです。兎の顔さえ見ていなければ、だいじょうぶらしいです」

山口さんは、その話を今回体験談を寄せてくれた横田さんに話した一週間後、心筋梗塞で亡くなった。

「山口さんは見ていないと言っていましたけど、きっと見たんでしょうね、兎の顔。見た人が死ぬんですよ。でも、ちょっと不安になってきました。これ、誰かに話して良いものなんですかね」

すでにこの話を私に話してしまった。

そして、この瞬間、読者のあなたもこの話を知ってしまった。

五十六　きみこの憑き物

体験者のきみこさんは既に他界しているので、これは彼女の娘から聞いた話だ。

昭和二十年、きみこさんは東京から疎開で祖父母が暮らす高知県にいた。

この村では周りの大人たちが口を揃えて、

「あの神社には入ったらいかんよ」

そういう場所があったという。こどもたちは言いつけを守って境内の中へ入ることはなかった。

当時七歳だったきみこさんは、ある日学校帰りに女の子と男の子のともだち三人で、その神社の近くで遊んでいた。境内には入らずに鳥居の手前で地面に絵を描いたり、どんぐり拾いをしていた。

「なんで中へ入ったら駄目なのかしら」

すると、男の子のともだちが、

「そんなの迷信ちゃ。大人らぁが怖がらせるために言いゆーだけで、なにもないから。

見ちょり」

　そう言って、走って境内に入っていってしまった。

　男の子は、お社の前のお狐様の像によじ登るとズボンを下ろし、頭からおしっこをかけた。

「祟れるもんなら祟ってみろ」

　挙句の果てには足で蹴とばした。

「だめだよ、そんなことしたら。罰が当たるよ」

　きみこさんは呆れて言った。男の子は笑いながら帰っていった。

　それから二日三日が経ち、あの男の子が学校に来ていないことに気がついた。

　帰宅しておばあちゃんに訊ねてみると、なんとなくはぐらかされた。小さな村なので、なんらかの事情は知っているようにも見えた。

　そのうちに、村の人たち数人が集まって、その子の家に行くという話を聞いた。きみこさんも好奇心旺盛だったので、あの日一緒に遊んだ女の子を誘ってのぞきに行った。

　男の子の家の近くへ行くと、獣の鳴き声のようなものが聞こえてきた。垣根の外からそっと中をのぞき見た。

「なんだろうね」

座敷の戸が開け放たれていて、庭には村人が集まっていた。家の座敷の真ん中に男の子が正座していて、まわりに四人のおとなが取り囲んで、お経のようなものを唱えている。「びゃあ」とか「ああ」とか、人間の声とは思えない獣の大きな声が聞こえてくる。

きみこさんは、その声が怖いので、少し引っ込んでいると、ともだちが見ていて、

「きみちゃん、きみちゃん、すごいことになっちゅう」

見ると、男の子は目は黒目と白目がひっくり返っていて、白目が真っ赤になっている。口からよだれと泡を吐いて、正座をしたまま飛び跳ねていた。畳には血がつき、目や膝が真っ赤になっている。両手首は縄でぐるぐる巻きに縛られて「ぎゃあっ、ぎゃあ」と叫んでいる。

まわりにいる四名の大人は恐らく祈祷師だったのではないかとずいぶん後になってから感じたそうだ。熱心にお経を唱えていた。村人たちは固唾《かたず》を飲んでその様子を見守っていた。しばらくそれが続くと、男の子はピタリと動きをとめて、ゆっくりと庭先へふり向くと、きみこさんを指さし、

「あそこに犬がおる。あんな犬がおったら、怖うて出られん」

大人たちも一斉にきみこさんを見て、

「きみこ、ここから出ていけ！」

誰かの怒鳴り声が聞こえた。きみこさんは驚いてその場から逃げるように立ち去った。何が何だかさっぱり理解ができなかった。

男の子はその後、自ら押し入れの中に逃げ込んでしまい、それきり表には出てこなくなったと聞いた。中からは訳の分からないことをつぶやいている。

大人たちはお狐様の怒りを鎮めるために、あの神社の敷地内にもうひとつ祠を建てると、その中に一体のお狐様を祀った。

すると、男の子からは怒りは抜けたように見えたのだが、人間の魂も一緒に抜け出てしまったようにぽかんと口を開けてよだれを垂らし言葉も話せなくなった。

押し入れの中からは、時々「ああ、うう」と言葉にならない声が聞こえてくる。

母の話では、あの子はお米や味噌汁は一切食べずに生肉、生魚といったものしか口にしなくなったらしい。それも捌《さば》いてすぐの生肉でなければならない。

夜、押し入れを抜け出して養鶏場へ行って自分で捕って食べることもあった。畳の上には無残な残骸と毛が散らばり、中から奇声が聞こえる。排泄も押し入れの中で済ませるため、ものすごい悪臭が漂っていた。

きみこさんの母親は「ここにいると危険だから」と言って引っ越しを決めた。

ほどなくして男の子は亡くなってしまったと聞いた。

死後、ずいぶん経ってから聞いたところ、あのお祓いの儀式の際、男の子がきみこさんに「犬がいる」と叫んだ時に祈祷師が庭先を見ると、きみこさんの頭上から巨大な犬が襲い掛かるように家の中へ入ってこようとしていた。

犬対狐ならば犬の方が強い。だから、「出ていけ」と指示したのだという。

きみこさん自身はまったく知らなかったことではあるが、恐らく犬神筋の家系ではないかと憶測された。

ちなみに、彼女は幕末から明治にかけて名を遺す有名な人物の子孫だった。

明治十五年、暗殺未遂に遭い、その後もその男性が命を狙われていたという。この人物の旧姓に「いぬ」がつく。漢字こそ違うが犬神筋の家系なのではないかとの噂もあったという。犬神筋の家系は、彼の出身地高知県でも根強く見られていた。

「あの神社には入ったらいかんよ」

大人たちの言いつけを守らなかったことによって狐憑きになってしまった男の子と犬神筋のきみこさんは、思わぬ形で決別することになってしまった。

二体のお狐様、そしてその傍らに不自然にもう一体のお狐様がある、高知県のとある神社にまつわる話だ。

世間

世間

体験者（埼玉県・夏美さん）

中学生の時に、祖父に狩猟に連れていってもらったことがあります。
仲間の男性が同行していたのですが、
その方が一匹の大きな鹿を仕留めました。
なんだか、かわいそうでしたが捌いてみんなで食べました。
翌日、鹿を仕留めた男性が交通事故で大けがを負いました。
鹿が車に突っ込んできたそうです。
罰が当たったのでしょう。
動物を大切にしているとは到底思えない扱いをしているのを
目の当たりにしたからです。
命に対して敬意を忘れてはいけないと感じたできごとです。

五十七　だよな

「どうした？」

「今、単独で事故っちゃった」

「大丈夫かよ」

「いや、ダメだわ」

「なにが」

「俺、死んだ」

「は？　なに言ってんだよ」

「だよなー」

電話はブツッと切れた。


「で、昨日通夜に行って来たんす。電話中、ずっと鳥肌全開でした」

五十八　サウナ

坂口さんは、営業職で全国を回っている。

長時間の運転と睡眠時間を削っての業務が多く、楽しみというと、温泉とできればサウナのあるビジネスホテルに泊まり、近くの居酒屋で郷土料理を味わうことだった。

仕事は十七時には済ませ、ホテルの部屋でその日の記録を作成し、風呂に入ってから街へと繰り出す。

その日は山陰の海沿いの町のビジネスホテルに宿泊することにした。サウナも付いている。浴場へ行くと、一番のりで貸切状態。早速、身体を洗い流し、サウナへ入った。

十分ほど経過し、毛穴という毛穴から汗が噴き出てくる。すると、風呂の入り口の横開きの扉がガラガラと開く音がした。見ると、すね毛の生えた両足が見えた。

急に、ゾクッと鳥肌が立つ。よく見ると、足だけで膝から上が見えない。膝下だけがペタペタと歩いて入ってきた。サウナの窓からその足が見える。

足は一旦、浴槽に向かったのだが、すぐに止まり、しばらく動かない。すると今度は進行方向を変え、こちらのサウナの方へ向かってきた。

サウナのドアの二メートルほど先、両方のつま先がこちらを向いている。そのまま微動だにしない。

しかしこのままでは限界だ。十五分近くサウナの中にいることになる。覚悟を決めてドアを開け、足の横をすり抜けた。

脱衣場を出る際にふり向くと、足はこちらを向いて立っていた。

五十九　雨の松林

現在五十代の男性が小学生の頃、伯母から聞いた話だという。

久しぶりに会う友人が、家に遊びに来ていた。

おしゃべりに興じていると、気づけばあっという間に夕方だった。夕食の支度もあるので、暗くなる前に友人を家まで車で送っていくことにした。

四時頃自宅を出て友人を送り届け、折り返す頃にはポツポツと雨が降り出した。

自宅へ戻る間、国道がある。別名シーサイドラインと呼ばれており、ドライブインや海水浴場もある。晴れていればきれいなロケーションだが、だんだんと雨足が強まってきた。日も暮れてだんだん視界も悪くなってくる。ワイパーもハイにして、やっと見えるという状況だ。

急いで帰らなければとアクセルを踏んだ。ところが、いくら踏んでもスピードが出ない。そのうち、タイヤからきゅるるるッと、異音が聞こえてきた。土砂降りのせいで、ハイドロプレーニング現象を起こしたのかとも思ったが、それならばハンドル操作もブレーキも効かなくなるはずだ。どうも違う。

左が海で右は山。土砂降りで曲がりくねった道のなか、正確なハンドル操作をしなければならない。

海沿いを走ってしばらくすると、一本道になった。両脇は松林になっている。相変わらず雨は降っている。

――早く帰りたい。

しかし、いくらアクセルを踏んでもスピードは出ない。タイヤからは異音がする。どうしよう。

すると、道の先の松林から、一本枝が道路に伸びている場所があった。

その下に、青いワンピース姿の女の子が傘もささずにずぶ濡れで立っているのが見えた。顔は対向車線側を向いていて見えなかった。

こんな土砂降りで辺りは暗くなりはじめている。近くにはバス停もない。その子が乗ってきたであろう車や自転車も見当たらなかった。

（どうしたのかしら。乗せてあげよう）

路肩に停車し、ハザードランプを点けて傘をさして外へ出た。木の下まで来ると、先ほどいたはずの女の子の姿がない。

どこかへ行ったのかと辺りを見てもいない。

おかしいな。見間違いかしら、松林の方にでも歩いていったのかしら。

すると、前方から傘をさした男の人が歩いてきた。

「あれ？　今、ここに女の子立っていませんでした？」

「ええ。私も今、乗せようと思って降りたんですけど、ここにいましたよね」

互いに確認するように首をかしげた。男性は対向車線を走っていた人だった。

どんな子だったか訊くと、対向車線側を向いていて顔は見えなかったと言う。お互いに反対側を見ていたことになる。それを聞いてなんとなく気味が悪くなった。雨も降っていたので、見間違えたのだろうと会釈をして車に戻った。

男性と別れてしばらく走っていくと、またタイヤから異音が聞こえ、更に大きくなってきた。パンクしているわけでもないのに、どうしたというのか。

タイヤではなく、カーラジオなのではとハンドルから左手を離し、操作しようとすると、視界の隅になにかがチラッと入る。前方を見ているのだが、助手席に気配を感じる。思い切って見ると、体育座りをして膝に右の頬をつけて窓の方を見ている青いワンピースのずぶ濡れの女の子がいた。

「きゃあっ！」

急ブレーキを踏んで、ハンドルに顔をうずめる。しばらく身動きがとれずにそこにとどまっていた。

しばらくして警察が窓をノックした。恐らく追い越していく何台かの車が不自然なところに停車している彼女の車を見て、心配して近くの派出所に連絡をしたのだろう。

「こんなところでどうしましたか？　体調でも悪いですか」

彼女は震えながら先ほどの女の子の話をしたが、助手席には誰の姿もない。

警察は困った様子だった。そこへ先ほどの対向車の男性が通りかかった。用事を済ませてちょうど戻ってきたところだった。パトカーも停まっているし、さきほどの女性がいたのでおかしいと思ってどうしたのと訊ねてきた。

警察が状況説明をすると、男性も松林の前にいた女の子のことを話した。

雨も降っているので、みなで派出所へいくと、奥からベテランの警察官が出て来た。

「この方たち、揃って変な話をするんです」

警官が説明すると、ベテラン警察官はつぶやいた。

「ああ、あそこね。また出たのか」

数年前、卒業旅行でドライブ中だった男女グループが、ハンドル操作を誤って事故を起こし、ひとりの女学生が死亡したという。

六十　カラオケ

二〇二二年、東京都足立区の某図書館で行われた怪談ライブの終演後、参加者の女性から声をかけられた。

「この近くのカラオケ屋で変なことがあったんです」

女性はご主人と高校生の息子さんとで三人暮らしをしている。保護者同士の付き合いで、時々カラオケに行くことがあるのだという。歌は大の苦手で、毎度自分の順番がくることが苦痛だった。

ある日中、夫と息子がいない間、ひとりで練習をしようと思い立ち、駅前のカラオケ店に入った。ドリンクバーで飲み物を淹れて、早速リモコンで何曲か予約をした。

ひとりカラオケは初めてのこと。誰にも気を遣わずに存分に練習ができそうだ。

マイクを握り歌いはじめた時だった。隣の部屋からドンドンと激しく壁を叩かれた。

首をすくめ、歌うのをやめる。気のせいかと歌いだすとまた叩かれる。

自分の歌声はそこまで不快なのだろうかと躊躇していると、隣の部屋から誰か出てきたようだ。目の前の扉は上が曇りガラスで、下は透明になっていて廊下が見える。

ジーンズを穿いた男性が、上半身だけを曲げて、ガラスの向こうからヌッとこちらをのぞいた。

女性は驚き、すぐにフロントへ電話をかけた。ほどなくして店員が扉を開けて「どうかなさいましたか」と片膝をついてかがむ。

店員の後ろに男が立ち、こちらをチラチラ見ている。

「その方に注意してください」

女性が指さすと店員は廊下をふり向き、首を傾げる。

「誰もいませんけど」

「その方です。さっきから隣の部屋から壁を叩いたり、中をのぞいたり失礼です」

店員は「お客さん、大丈夫ですか。隣、壁なんすけど」と訝《いぶか》し気にこちらを見た。

部屋を出ると先ほどいた男の姿は忽然と消え、隣は店員の言うとおり壁で、同じフロアにほかの客はいなかった。

六十一　カラオケ調査

女性からそのカラオケ店の名前と場所を聞いて、その足で寄ってみることにした。駅前の繁華街。居酒屋や学習塾、コンビニなども立ち並ぶ人通りの多い場所にそのカラオケ店はあった。部屋番号も聞いていたので、受付で空きがあるか訊ねると、ほかに利用客がいたので空くまでフロアで待たせてもらうことにした。

数分後、ようやく案内があり部屋に入るとなるほど、確かに角部屋だった。ソファに腰を下ろすと目線の先の扉は曇りガラスで廊下は見えないが、下部分は見える。

ここから男がのぞいていたということか。しばらくなにか起こらないか飲み物を飲みながら観察していたが、残念ながら特になにも起こらなかったので、せっかくだから一曲歌ってから部屋を出た。

なんの収穫もなしでは来た意味がない。受付の店員さんにダメ元で聞いてみた。

「ここって、幽霊出たりします？」

「んなわけないじゃないですか」

店長さんらしきその方に切れ気味に言われたので、謝って店を出ようとすると、背後で聞こえた。

「みんな言うんですよね……。ここにいる従業員も、客も……んなわけないだろ」

思わずふり向くと、

「自分自身は見たことありません。んなわけないと思ってますんで。でも、しょっちゅう言われることも確かです。自分のこの目で見たら、連絡しますわ」

店員さんはそう言うとモップを持って階段を駆け上がっていった。

六十二　カラオケ その後

十年ほど前、あるカップルが都内のカラオケ店へ行ったときのこと。

彼氏が曲を入れると、途中でブツッと途切れてしまった。その後、彼女が曲を入れてもまた途中で切れる。それが何度か続き、どの曲もサビまで歌うことができなかった。故障かと顔を見合わせると、自分たちが選曲をしていない若い女の子がすき好むような曲が連続で勢いよく予約されていく。なんとなく気味が悪くなり、部屋を変えてもらおうと立ち上がると、隣の部屋からドンドンと壁を叩かれ部屋の中で若い女の高笑いが聞こえた。扉を開けるとそこは角部屋だった。


この体験談は、最近ＹｏｕＴｕｂｅの視聴者からＤＭで送られてきた。場所を聞いてみると、前項のカラオケ店とまったく同じであった。

また、この一連の話を足立区内の別の図書館で開催されたこども向けの怪談会で語ったところ、保護者の女性が手をあげた。

「そこって〇〇〇ですか」

「今の話、本当ですか。私も高校生のとき、そのカラオケ店でまったく同じ体験をしました。もしかしたら、踏切が原因かもしれません」

「そうです」

そのカラオケ店のすぐ目の前には踏切がある。開かずの踏切として地元では名が知られていた。遮断機が下りると、一時間のうち大半が閉まったままの時間帯もあり、しびれを切らした人がくぐり抜けて線路内に入り込んで行くのを何度も目にしているという。

実際に今年もまたその踏切で死者が出ている。

カラオケ店よりも、問題は踏切にあるのかもしれない。

六十三　オルゴール

ずいぶん久しぶりに友人から電話がかかってきた。

お互いにこどもができてからは疎遠になっていたので珍しいことだった。

「実は、旦那のお父さんが亡くなりはってん」

友人の夫とは、結婚式以来一度も会っていないし、よく知らない。なぜその夫の親のことで電話をかけてきたのか。

「あんたに、電話せなあかんと思って」

「病気？　それとも事故かなにかなの？」

「実はね、首吊って亡くなりはってん」

「え、自殺やったん？」

牧場を経営しており、家の敷地内で亡くなっているのを義母が発見したらしい。

「自殺かー。怖いな」

何気なく言ったその時、玄関でオルゴールが鳴りだした。

電気を点けると中で水が動く三十センチほどのキャラクターもののオルゴールなのだ

が、もう何年も電池も変えていないし、電源も入っていない。

「ちょっと、待って。オルゴールが」

音は本体の底面にあるオンオフのスイッチを手動で入れなければ鳴らない。

「オルゴール、鳴ってんの？」

リビングのソファに腰かけて電話をしていたのだが、玄関で鳴っているのが聞こえてくる。電話口の友人にも聞こえているようだ。

その時、ふいにこんな言葉が口をついて出た。

「旦那さんの家の裏手に、井戸ない？」

もちろん行ったことはないのだが、頭の中に映像が浮かんだ。井戸の近くにはトタンの倉庫がある。そこで首を吊っている姿が見えたので、友人に伝えると、まさにそうだった。葬式もまだ済んでいないという。

井戸が汚れているか、塞がれているか、そこになにかしらの原因がある気がしてならない。友人は夫に伝えると言って電話を切った。

翌日、やはり言った通りだった。井戸の外側に農機具を動かすガソリンを置いていた。そのガソリンが漏れ出て井戸の中に流れこんでいたという。

六十四　帰りたい

友人数名と、焼き肉屋やバーをはしごしているうち、終電もなくなったので、オールをする流れになった。

実家住まいの良子さんは、母親に「今日は帰らないね」とメールを打った。

しかし、思いのほか盛り上がらない。これならば帰れば良かったと後悔し出した。

つまらない。早く帰りたい。鬱々《うつうつ》としながら始発が動き出すのを待ち、店を出た。

帰宅すると母が、「昨日あんた、帰って来たよ」と言う。

「いや、今、帰ってきたんだけど」

「知ってるよ。でも――」

メールも来て帰らないことはわかっていたのに、夜中にただいまと声がした。玄関の戸を開ける音、二階へ上がっていく足音もした。父親も起きて「あれ、良子帰って来たのか」と布団を出て彼女の部屋を見にいったのだが、真っ暗で誰もいなかったという。

良子さんは「なにそれー」と笑って受け流した。

数日後、部屋で仰向けになって雑誌を読んでいると、廊下を誰かが勢いよく走ってくる足音がした。

直感で見てはダメだと感じたが、ガラガラッと勢いよく戸が開け放たれた。

満面の笑みを浮かべた自分がそこに立っている。

その自分がこちらに走ってくると、ダイブして躰の中に入った。

六十五　バトンタッチ

ダンサーの美子さんは、パワースポットとして有名な某神社が好きで、よく訪れていた。

いくらか納めると塩をもらうことができるので、いつも財布に入れて持ち歩いていた。

所属しているチームのダンスイベントへの出演が決まり、稽古場として使用することになったスタジオへ通いだしてから、頭痛やめまいがするようになった。気持ちも沈んで稽古に集中することができない。

そのスタジオで写真を撮ると、奇妙な目のようなものが撮れることもあった。気持ち悪さを感じながらも本番は迫っているので休まずに通って稽古に勤しんでいた。

そのダンス仲間のひとりと何気なく会話をしていると、

「私、霊感あるんだよね。お塩とか、持っていた方が良いかな」

ふいにそんなことを言い出した。美子さんは、日頃持ち歩いていた塩を財布から取り出すと、

「あたし、持ってるよ。また神社でもらうから、あげるよ」

そう言って彼女に手渡した。友人は、満面の笑みを浮かべ、ありがとうと塩を受け取った。友人にその塩を渡したとたん、頭痛やめまいが一瞬で治まり、気分も晴れやかになった。躰も軽い。

「本当にびっくりするくらい、いきなり体調が良くなったんです。もしかしたら、あの塩が悪いものを全部吸収してくれたのかもしれません。でも、それをあの子に渡しちゃったんですよね。念も一緒に彼女の手に渡してしまったんでしょうか。彼女、体調すごく悪そうで……」

六十六　首

レザークラフト作家の怪星堂さんが体験した話である。

彼女の家には、頻繁に客人が出入りをしていた時期があった。

ある夕方、バイトから帰ってきて二階の自室に入ると、急激な眠気に襲われた。立っていることもままならない。ベッドへ向かおうとしたところで、首がカクカクと動くのを感じた。次の瞬間、客人のいる一階の茶の間の戸口から中をのぞいていた。

顔見知りの客人が数人座って、母親がテーブルに茶菓子を並べている。声をかけようとしたが、なんだか首がふわふわして落ち着かない。

目線を落とすと自分の躰がなかった。首だけが宙に浮いている。

親や客人にこの姿を見られてはならない気がした。首をすくめたとたん、二階の自室に立っていた。

客人が帰ったあと、母親に誰が来ていたのか、どこに座っていたのか、なにを食べていたのかを言うと、ドンピシャで当たっていた。

「下りてきたなら挨拶くらいすればよかったのに」

「いや、下りてないんだけどね……」

「さっき戸口のところから見ていたじゃない」

母親は、戸口に立つ彼女の姿を見たと言う。

「私、ろくろ首になったことがあるんですよね」

一回だけですけど、と彼女は語った。

六十七　溜池

真さんはその当時、妻との関係がギクシャクしていた。

家にいても居場所がない。

会社と職場をただ往復する日が続き、気持ちが沈みがちだった。

最近妻は日中、こどもの同級生のママ友を自宅に招いてはランチをしておしゃべりに興じているようだった。

その日、会社から帰宅途中で、妻から電話がかかってきた。

些細なことだろうが、出なければまた何を言われるかわからない。山道を通り、農道脇に車を停めて電話に出た。

ともだちとまだ話したいからどこかで時間を潰して来てほしいという。それに続いて小言を聞いていると、目の前の干上がった溜池が目にとまった。

ビリビリと振動を感じる。

いったいなんだろう。

枯れた池に生い茂る枯草の間から、こどもの顔が現れた。その顔が苦しそうに、もがきながら池の底へ沈んでいく。

妻の友人の子だ。真さんは電話の向こうの妻の声を遮って、

「家さ、帰れ」

妻は不機嫌に「は?」と答える。

「こどもさんが大変なことになってるから、とにかく帰れ」

と、妻の友人を帰らせた。

その頃、彼女の小学生のこどもは、大きな田んぼの溜池で遊んでいた。周りにフェンスはしてあったものの、ほかの子たちとよじ登ったところ、靴が脱げて池に落ちた。

それを拾おうとして、足を滑らせて落ちてしまった。そこは底なし沼で、見つかるまでに相当な時間を要し、助からなかった。

あの時、なぜ現場から離れた枯れた池で、そのこどもの顔が見えたのかはわからない。

六十八　着信履歴

麻里子さんが勤めている職場には、少し変わった同僚がいた。

時々、天井を見てなにかと会話をしたり、笑っていたりするので、まわりからは【不思議ちゃん】認定されていた。

そんな不思議ちゃんと麻里子さんは気が合い、職場では一番仲が良かった。

ある時期、仕事の班がふたつに分かれることになり、彼女と会う機会が少なくなってしまった。職場での仲は良かったものの、プライベートで連絡を取り合うほどでもなかった。

班が分かれてしばらく経った頃、同僚から、

「さっき、不思議ちゃんと会ったんだけど、麻里子ちゃんに会いたがってたよ」

「私も会いたいって伝えておいて」

そんな会話をした翌日、不思議ちゃんは仕事帰りに車に轢かれて亡くなった。密葬ということで葬儀には参列できなかった。

数日後、夜中に電話が鳴った。

番号は不思議ちゃんからだった。麻里子さんは電話に出た。

「麻里ちゃん、元気？」

「元気だよ。全然会ってないね。淋しいよ。不思議ちゃんは元気なの？」

その質問をしながら、鳥肌が止まらない。電話の向こうでは、車の行き交う音が聞こえ、ざわついている。

「私はね、グチャグチャになっちゃったんだよ」

電話はそこで切れた。

着信履歴は残っていたという。

六十九　トコトコ

彼氏とダム湖沿いを車で走っていた。

対向車が来たので減速をする。

ふと窓の外を見ると、男性の革靴だけがトコトコ前方に向かって歩いている。

驚いたがその時にはなにも言わずにいた。

家まで送ってもらった後、彼氏が事故を起こした。先ほど通ったダム湖に差し掛かると、急にカーブでハンドルが効かなくなったという。

このままではダム湖に突っ込んでしまう。思いきりハンドルを掴むと、下からもう一本の手が出てきて……

七十　対向車

友人が入院しているので、見舞いに行くことにした。

病院までは車で一時間ほどかかる。小雨が降っていたので、時間を短縮しようと以前通ったことのある山道を選んだ。

しばらくアップダウンの続くカーブを走っていると、進行方向の右カーブに違和感を覚えた。センターラインがあるにもかかわらず、対向車が正面の同じ左車線を走ってこちらに迫ってくる。

雨が降っていて、スモールライトも点けているのだが、見えていないのだろうか。このままでは正面衝突をしてしまう。クラクションを鳴らしても対向車は停まらない。

左側は土手だ。自分が反対車線へ行くべきか思案したが、直前に車線変更をしてくる可能性もある。どうせなら最小限の被害にとどめようと速度を緩めてなるべく土手側に寄せた。すると対向車は元の車線に戻った。

腹が立つ。免許、返納しろ！　どんな奴が運転しているんだろうと、すれ違う時に見ると、対向車の運転席には誰も乗っていなかった。

「えっ？」

すぐに停車してドアを開けたが、すれ違ったはずの車はどこにもなかった。

七十一　ジグザグ

朝、パンを買いに行こうと住宅地にある商店街の交差点で信号待ちをしていた。間もなく通勤、通学の時間帯だ。銀行やスーパーのある大きな通りで車も列になって何台も待っていた。ところがいつもよりやけに信号が変わるのが遅い。

するとと右側から、頭も躰も足も真っ黒なこどもくらいの背丈のものが、車の間をジグザグに縫うように駆け抜けていった。

数年前、近隣の住宅地で火災があったことを後で知った。

七十二　ぶれる

北海道のとあるダーツバーに通いつめていた常連の女性がいる。名前は仮に良美さんとしておく。

目当てはダーツではない。その店の二十代の男性オーナーに恋心を抱いていたのだ。彼はかなりモテる。イケメンでトーク力もある。特に勤務を終えてから来店する水商売の子が多く、カウンター席には連日ズラリと並んでいた。

オーナーはその日の気分で女の子を選んでは、

「今日はキミ」

と、隠すこともせずに堂々とお持ち帰りする。良美さんもその中のひとりだった。

良美さんは、常連の中でも彼との付き合いも長かったので、オーナーの先輩や友人に紹介してもらえることもあった。

ある日、眠っている彼の顔を携帯で撮影した。一緒にいられることを形として残したかった。ところが、撮影した写真を見ると、顔だけがぶれている。ピントが合わなかったのかと何枚か撮ってみたのだが、やはり顔だけがぶれてしまう。ほかの誰かを撮ってもそうはならないので故障ではなさそうだ。

数日後、店に行ったときにその話をした。

「怖い話？　もう一度撮ってよ」

オーナーはカウンターの外に出て、一番端の席に座った。良美さんは横から撮影した。すぐにデータを確認すると、横顔が写っているはずが、彼の頭上に別な顔が三つ並んで、その一番上が、こちらを向いていた。その顔は、まるで遺影のように正面を向き、頭の上で正座しながら睨んでいた。

良美さんはその写真を見て気がついた。いつもカウンターの隅でこちらを睨んでいる常連客の十代の女の子がいる。彼女は良美さんに敵対心をむき出しにしていた。

写真に顔を近づけてみると、まさにその女の子が写っていた。

七十三　ずらり

地元から車で一時間ほどの場所でともだち数人と海水浴をしていた。

昼食をとって海辺で寝そべっていると、みんな眠ってしまった。

一時間ほどして目が覚めた。

（みんなよく寝ているな。そろそろ帰らないと）

起こそうかと声をかけようとした時だった。どこからか視線を感じる。海の方に目線を移すと、海上に防空頭巾を被った女の子が六人、じっとこちらを見て立っていた。

みんなを揺り起こそうとしたが、誰も目を覚まさない。

昭和の時代、この海岸で女学生が何十人もおぼれた過去があったことを知ったのは、それからずいぶん経ってからだった。

七十四　姿見

夜、眠っていると、二階にいた下の息子がバタバタと下りてきて、飛びついてきた。

「お兄ちゃんが、お兄ちゃんが……」

涙目で言う。

「どうしたん？　はっきり言い」

息子ふたりは二階のこども部屋で布団を敷いて一緒に眠っていた。兄の苦しそうな声で目を覚ますと、目の前に姿見がある。その鏡越しに兄の躰にまたがって首を絞める女の姿が映っていた。

女はゆっくりとこちらを見た。赤い口紅を塗ったその大きな口の端があがる。

鏡はリサイクルショップで購入してきたものだった。

七十五　フロントガラス

友人とランチをした後、家まで車で送ってもらうことにした。

しばらくすると、左側に廃ホテルが見えてきた。そこを通り過ぎようとした時に何気なく見ると、運転席側のフロントガラスの下に男の人の顔が見えた。

「えっ」

彫りの深い若い男性で笑いながら友人をじっと見ている。友人は黙っていたが、次の信号で停まると、こちらを見た。

「さっきの、えってなに？　なんかあった？」

フロントガラスに映った顔のことを伝えると、友人はそっと手を顎につけて、

「それって、若いイケメンじゃなかった？　眉毛の濃い人？」

「そう。彫りの深い人」

「やっぱり……」


数年前、あの廃ホテル前でバイク事故があった。

心霊スポットと噂されていたそのホテルを見に行くと言って、その途中で事故を起こして亡くなったのは、彼女の知り合いだったという。

たまたまこの道を通ったのだが、亡くなった友人は懐かしくなって顔を見にきたのかもしれないねと言うと、友人は真顔になり、首を横にふった。

七十六　予感

会社の講習会の時間が迫っていた。

かなりギリギリの時間帯だったので、タクシーで会場へ向かうことにした。

暑い日で、前には五、六人の客が並んでいる。遅れたくない。焦りもあったが、待つしかなかった。

数分後、ようやく自分の番が来た。やっと行けると思ったのだが、なぜか躰が勝手に動いて後ろに並んでいたサラリーマンに、

「よかったら、お先にどうぞ」

手で誘導して譲ってしまった。

内心では、なんで？　自分、急いでいるやんと思ったので、気持ちが落ち着かない。

男性は会釈をして乗車した。

タクシーが発進したと同時に猛スピードでトラックが走ってきた。自分が乗らなかったそのタクシーに、トラックが突っ込んだ。

七十七　予感2

自宅から少し離れたショッピングモールに買い物に出かけた。

コスメや服を買う予定で建物に入ったのだが、なぜか自宅に電話をかけなければいけない気がして、公衆電話を探した。

しばらくコール音が続き、ようやく母親が出る。

「あんた、今どこにいるの！」

おばあちゃんが車に轢かれて救急車で運ばれたという。

今いる場所を言うと、おばあちゃんが搬送される病院は目と鼻の先だった。

七十八　面

誰かに追われている夢を見た。

ふり向くと、白装束に般若の面を付けた何者かが両手を広げて追ってくる。

そこで目が覚めた。

その日、学校の行事で米を育てる授業が行われることになり、近所の畑に苗をもらいに行った。

農家さんのお宅の横には竹藪があった。導かれるようにひとり中へ入っていく。

黒いものが落ちている。

(なんだ、これ)

燃えたお札のような物と、般若の面が黒焦げになっている。

落ちていた棒で般若の面をつつくと、ギロッと睨んで崩れた。

七十九　気づき

「はじめにそのことに気づいたのは、仕事中でした」

クロス職人の山本さんがある現場で作業をしていると、よそから応援で来ていた職人が動くたびに視界の隅になにかが動くのが見えた。

気になって見ていると、なぜか彼の影が遅れている。まわりの職人を見ると異常はないのだが、その職人の影だけは不自然に遅れて動く。

数日後、彼が脳梗塞で亡くなったと知らされた。

それから少しして、入院している上司の見舞いに行った時のこと。

車椅子を押して外の風にあたりに出ると、先輩の影がずれるように動いている。

以前職場で見たのと同じ光景で、厭な予感がした。

その予感は当たり、少しして上司は亡くなった。

「それで、思い出したことがあったんです」

上司が亡くなる少し前。実家へ一泊した時のことだった。風呂に入ろうと浴室へ行くと、ちょうど父親が洗面台で歯を磨いていた。

一言二言交わし、何気なく鏡を見ると、影が動く。
思わず足元を見ると、ひとつある影の横にもうひとつの影がずれて動いた。
(今の、なんだ?)
数日後、元気だった父親が、突然亡くなった。
「三人続けてだったので、思うことがあるんです」
あれ、影が動いたんじゃなくて、死ぬ人の中に入っていったんじゃないかって。

八十　真夜中の電話

真夜中、黒電話の音で目が覚めた。

両親は寝入っているらしく、目を覚まさない。

仕方なく眠たい目をこすりながら布団をまくって時計を見ると、夜中の十二時を過ぎていた。

受話器を取ると、親友のタカシからだった。

「どうしたんだよ、こんな夜中に。なんかあったのか」

「あ、いや、うう……」

「なんだよ、はっきり言えよ。緊急の用でもあるのか?」

「あ、いや、うう……」

タカシはふだん、用もなしに夜中に電話をかけてくるような男ではない。

「なんだよ、また明日起きてから話そうぜ。切るぞ」

「あ、いや、うう……」

受話器を置こうと目線を動かすと、廊下の奥から黒い煙が流れてくるのが見えた。

ゴムの焼けるような強烈なニオイで真っ黒な煙がモクモクと流れてくる。慌てて受話器を放り投げて父親を起こし、外へ出ると風呂釜が燃えている。すでに火があがっており、慌てて消火器を持ってきた。

当時の風呂釜は灯油で沸かすタイプだった。浴槽にはふたつ穴があり、そのふたつの穴からパイプで風呂釜とつながっている。先に風呂の水を張った状態でスイッチを入れると対流式でお湯が沸くというものだった。安全装置はなく、水が浴槽に入っていない状態で風呂釜のスイッチを入れると空焚きになり、それが原因で火事になる。

ふだんはじゅうぶん気をつけていたのが、お湯だけ抜いてスイッチが入ったままになっていた。

ひと騒動の後、タカシとの電話の途中だったことを思い出した。電話はすでに切れていた。

後日、なぜあんな時間にかけてきたのかと聞くと、まったく憶えていないと答えた。

あの時タカシからの電話がなければ、両親が苦労をして建てた念願の一軒家は全焼していたに違いない。命もなかったかもしれない。

後にも先にもタカシが真夜中に電話をかけてきたのはその一回きりだった。

八十一　峠

今年のはじめ、六十代の男性から電話をもらった。

「あの色って、なんでしょうね」

三十七年ほど前のできごとだという。

彼の住む地域に、とある峠がある。

新車を購入したので、先輩を誘って食事に出かけた。

帰りは峠を攻めたい。しばらくその峠を走っていくと、後部座席の先輩が突然、

「ストップ。ちょっと停まって」

と、肩を叩いた。
五、六メートル先に女性が立っている。当時流行りのフロントロングのボブにワンピース姿の若い女性だ。一旦追い越して、ブレーキを踏んで停止する。バックして女性の横につけると、先輩は窓を下げ、「だいじょうぶ?」と声をかけた。
女性はなにも答えずコクンと首を傾げた。峠の上にラブホテルが数軒ある。そこから

逃げて来たのかもしれない。先輩はそれを心配したのだろう。

ところが、先輩は急に、

「すぐ出せ、ヤバい」

怒鳴り声をあげた。

「え、いいんですか？」

「いいから、早く出せ！」

訳もわからずアクセルを踏んでバックミラーで見ようとすると、先輩は「見るな」と言う。一瞬、ミラーに映る女を見ると、全身緑色に発光していた。

ふたりは峠を越え、車を自宅に置くと、顔なじみのスナックへ飲みにいった。先輩は店のママに、興奮気味に伝える。

「ちょっと聞いてよ、ママ。俺らさっき峠で女の幽霊見ちゃったよ」

男性はギョッとした。

「先輩、あれって幽霊だったんすか」

すると、店の入り口の扉が激しくノックされた。店内は一瞬静まり返る。扉を開けると、誰の姿もなかった。

一週間後、中学時代の同窓会があり、友人を車で送っていくことになった。車は峠道に入っていく。

「その女って、どんな人だったの？」

「フロントロングのボブにワンピースだったかな」

友人は少しの沈黙のあと、思い出したように言う。

「あそこはさ、自然薯《じねんじょ》がよく採れるんだわ。近所の人は昔はよく採りに行ってたけど、あれ以来、まったく寄りつかなくなったんだよな」

「あれ以来って、なんだよ」

「知らないのか。あそこで若い女の腐乱死体が見つかったんだよ。そういや、この辺じゃないか？」

気づけば車は先日先輩と来た辺りに来ていた。

五、六メートル先で、ヒトガタの靄《もや》が緑色に発光している。

八十二　飛ぶもの

夜、ドライブをしていると、青白い炎のようなものが坂道の上空を飛んでいくのが見えた。まるで流星群のようだ。

あれはなんだ？　花火か？

アクセルを踏んでスピードをあげ、坂道の頂上に着くと、脇に看板がポツンと立っている。

八十三　見てる

暑い。

部屋の中が猛烈に暑い。

風を通すために、さっき襖を開けたはずなのに、なんでまた閉まっているんだよ。

功さんは、仲間たち十人と大島へ来ていた。

予約した民宿の目の前に砂浜があり、バーベキューを楽しんだあと、部屋で飲み直していた。

夫婦で経営をしている小さな民宿で、玄関を入るとすぐ階段があり、二階に客室が四部屋あるのだが、ほかに宿泊客はいないので自由に使って良いと言われていた。

安いし感じの良い夫婦で、どこか懐かしい建物なのは良いのだが、エアコンがないのが難点だ。

仕方がないので風通しを良くするために、窓と向かいの廊下の襖を開けて畳の上で円になって飲んでいた。

眠くなった人から順々に奥の部屋で眠っていく。と、気づくと開けていたはずの襖が閉まっているのだ。

おかしいと思って開けにいく。するとまた飲んでしばらくすると閉まっている。部屋の中が暑くなって気づく。それが何度か続いた。

なんなんだよ。

観察していると、友人のひとりが後ろ手で襖を閉めている決定的瞬間を見た。

「お前、さっきからなにやってんの？」

「いや、こっち見てるから」

「なんの話？」

友人は襖の方へ目線を移し、顎でしゃくった。

功さんは立ち上がり、襖を開けた。突き当たりのトイレの前に、短髪で背の高いメガネをかけた男が立っている。男はこちらをじっと見つめている。

「うわっ！」

反射的に襖を閉めた。

「え、え、え？　誰、あれ？」

「功にも見える？　幽霊だよ」

「は？」

「悪いものじゃないと思うけど、気になるから閉めてたんだよ」

襖一枚を隔てた廊下に幽霊がいる？

一睡もできなかった。

暑いのを我慢して襖を閉めきったまま、一夜を明かしたという。

八十四　怒声

仕事を終えて、自宅の玄関扉を開けた時だった。

突然顔面がビリビリと痙攣し出した。筋肉が引きつり思わず両手で顔を覆ってしゃがみ込んだ。すると、背中に濡れたなにかが載せられた感覚があった。

驚いてふり向こうとすると、

「すみませんでした！　すみませんでした！」

若い男性の怒気のこもった声が耳元でする。どうも聞き覚えがあった。背中にはなにかがまとわりついてしだいに重さが増していく。押しつぶされそうだ。

「すみませんでした！　すみませんでした！」

背中で叫び声をあげ続けている。

顔面の痛みと背中の重みが更に増していく。

座っていることもできず、玄関先で横になった。

胸ポケットでスマホが振動している。職場からだ。

「おい、ニュース、見たか」

可愛がっていた後輩が、家族を道連れに入水自殺をしたという。

「すみませんでした！　すみませんでした！」

怒りと悲しみの籠もった叫び声が背中で聞こえる。

「やっぱり君か。なにもしてやれなくて、ごめんな」

顔面の痛みと背中の重みは消えたが、あの声はしばらくの間、耳から離れなかった。

八十五　ゆがみ

「あら？　なにこれ」

英子さんはある朝、気がついた。

鏡に映っている自分の顔がゆがんでいる。痛みも腫れもないのに、妙にゆがんで見えるのだ。

まわりの人間に聞いても「いつも通りだけど」と言われる。明らかにおかしいのに。

まるで自分の顔ではないようだ。毎日鏡を観察する。ゆがみは日に日に増していく。

数日後、離れて暮らす母親が亡くなったと連絡があった。訃報が届いたその日、鏡を見ると顔は元通りになっていた。英子さんはホッとため息をついた。

そういえば、亡くなった母親が以前こんなことを言っていた。

「おばあちゃんが亡くなる少し前に、お母さんの顔、鏡に映るとグニャグニャだったのよ」

無関係とは思えないんですよと英子さんは頬を撫でた。

八十六　草刈り

朝、父親が近所の大きな公園の草刈りに出かけていった。

夕方五時頃に帰宅すると言っていたのに、三十分も早くにインターフォンが鳴った。

「あら。もう帰ってきたのかしら。インターフォンなんていつも鳴らさないのに」

すぐさま母親が玄関に向かったのだが、表には誰もいないという。隣近所の家は少し離れた場所にある。周りを見渡しても誰の姿もなかった。おかしいなと思っていた数分後、父親が帰宅した。

手には泥まみれの根っこのついた赤い花を持っている。父親はそれを突き出すと、

「ほら、これ、きれいでしょう?」

ニタニタ笑みを浮かべている。思わず母親が、

「あなたそれ、どこから持ってきたのよ」

そう聞くと、草刈りへいった公園だと答える。母親はその花を地面に叩きつけた。父は我に返り、「俺、なにやってんだ?」と茫然としている。

その公園は、大きな霊園を潰して建てられたものだったのだという。

八十七　湯舟

私が運営しているYouTubeチャンネル『この世の裏側』では、月に一度のペースで視聴者参加型のチャット生配信を行っている。

視聴者さんが自身で体験した不思議なできごとをリアルタイムでチャット欄に記入するという内容だ。

その中で興味深い書き込みがあった。ご本人の許可もいただけたので、ここでご紹介したい。


現在四十代の彼は、こどもの頃家族でよく近所の銭湯へ行っていた。

一番大きな湯舟に浸かっていると、いつも自分より少し年上だと思われる男の子が必ず、湯の底に寝そべって潜水している。

初めに見た時は、「アホだなー」程度で特に気にしていなかった。ところが何度行っても男の子は、湯舟の底で同じ姿勢で寝そべっている。それが三年ほど続いた。

ある晩、湯上りでふと感じた。あの子は今日もいるけど、三年経ってもまったくその姿が成長していない。しかも、湯舟からあがる姿を一度も見たことがないのだ。

番台のおばあさんに訊いてみた。

「おばあちゃん、あの湯舟の中の子、何年生?」

おばあさんは面倒そうに首を傾げながら中へ入っていく。その後についていく。湯舟をしばらくのぞいていたおばあさんは顔をあげてふり向いた。

「僕、のぼせたんじゃないのかい? こどもはいないよ」

男の子の姿はどこにもなかったという。

八十八　着信

相沢さんは高校を卒業後、食品工場で働いていた。

主にフォークリフトを運転するなどの現場仕事だ。

ある昼休憩の時間、上司から引っ越しを提案された。今度一軒家を建てることになったので、今自分が住んでいるアパートに越さないかという。大家とも懇意の仲で、手放すのはもったいない。口利きをするし、家具も残すからどうだろうと持ち掛けてきた。

職場からは車で五分。２ＬＤＫで家賃は四万円。ＤＩＹ済だ。これまでは自宅から職場まで車で一時間ほど要していたし、家賃もかなり抑えられる。

相沢さんは二つ返事ですぐにそのアパートに入居した。

越してきて一週間が経った夜のこと。

だいぶ深い時間帯だったが、携帯の着信音で目が覚めた。スマホを見ると、なんの動作もしていない。が、音は鳴り続けている。音を辿っていくと、三段重ねの引き出しの中から聞こえる。ちょうどスマホに切り替えて間もない頃で、使用しなくなったガラケーをそこに仕舞っていた。電源を切っていたはずだった。音は長い間鳴っている。引き出しを開けると音はピタリと止んだ。

相沢さんは、この部屋が事故物件なのではないかと疑った。やけに安いことも気になった。出勤したら、先輩に文句のひとつでも言ってやろうと思ったのだが、社員たちは朝一で食堂に集められ、緊急会議が行われた。

「昨日の深夜、わが社の女性事務員がひとり自殺しました」

みなさんは落ち着いて業務についてくださいと言って上司からの説明は終わった。

午前の勤務を終え昼食をとっていると、ある社員が、

「昨日、非通知で夜中に電話がかかってきたんだよ。なんか気持ち悪いな」

そう言うと、近くにいた数人が「俺も」と口を揃える。確認すると、みな同時刻に着信があった。電話がかかってきたという社員たちに共通していたのは全員若い独身男性だということ。そしてもうひとつは、亡くなった女性社員から以前そっと電話番号の書かれたメモを渡されていたという点だ。相沢さんもその中のひとりだった。

メモの表には電話番号、裏側にはこう書かれていた。

「電話、するね♡」

八十九　やっぱりある

渋谷のスクランブル交差点を歩いていると、正面から歩いてきた人にじっと見つめられてこう訊かれる。

「私ノコト……見エテルノ？」

これは、読者の方も一度や二度は耳にしたことがあるであろう『怪談あるあるネタ』で、一種の都市伝説のようなものだ。それだけあの場所には行きかう人間の数が多いということだろう。

しかし時々、実際にあの交差点で奇妙なことに出くわす方もいる。

「私、マジで見ましたよ」

現在二十代の女性が高校生の頃のこと。友人ふたりと一緒に渋谷駅改札を出ると、スクランブル交差点で信号待ちをしていた。歩道には続々と人が集まってきて、車も多く行きかっていた。

すると、道玄坂の方面からひとりの若い男性が、赤信号の交差点の真ん中に向かって走ってきて駆け抜けようとした。「あっ」と言う間もなく、男性は一台の車にはねられた。ドンと大きな音があたりに響く。

「あ、やばい。轢かれた」

信号待ちをしていた何人かもそれを目撃していて悲鳴があがる。音を聞いた近くにいた警察官が走ってきた。

ところが、ぶつかったはずの車はそのまま走り去っていった。車の信号機が赤、歩行者用が青。一瞬の静寂があったが、そこにはねられた男性の姿はない。血痕もない。なにごともなかったように人々は交差点を渡りはじめた。何人かは「今のなに?」と騒ぎながら渡りだす。警察官も首を傾げて去っていった。

友人ふたりに訊くと、なんのこと? と顔を見合わせていた。どうやら、ほとんどの人には見えていなかったようだ。

帰宅後、気になって調べてみたのだが、渋谷スクランブル交差点での事故のニュースは見つからなかった。

九十　深夜の散歩

「最近太ったから運動した方がいいよ。一緒に散歩しようよ」

交際している彼女の勧めで、深夜、散歩に出かけるようになった。

ある日、路地を歩いていると、横にいた彼女が「きゃっ」と悲鳴をあげた。どうしたのかと問うと、彼女は立ち止まり、庭の広い一軒家を指さした。

「鈴木さんがいる」

「鈴木さんて、誰？」

彼女が指さす方を見ると、丁寧に手入れのされている木が植えてある。暗いが街灯もあり、うっすらと庭が見えた。

彼女の言うとおり、木の横に無表情のおじいさんが立っている。その家の人だと思った。

「知り合いなの？」

よく見ると、おじいさんは病院の入院着姿で、やけに光っている。躰の半分は木に埋まっていた。

「え？」

おじいさんは木に同化するように消えた。

「昨日亡くなった患者さんなのよ」

なんでこんなところに――と首を傾げながら、彼女は歩きだした。

九十一　団地前

友人の家を出たのは深夜二時だった。人通りの少ない道を車で走っていくと、左手に大きな団地が見えてきた。百メートルほど先に街灯がある。その下に人影が見えた。

どうやら小学校低学年くらいの女の子だ。進行方向と同じ団地入口の歩道でこちらに背を向けて立っている。まわりには誰もいない。ギンガムチェックのシャツにキュロット姿という出で立ちだ。

こんな時間にこんなところでひとりでいったいなにをしているのだろう。

女の子は、電柱に抱きついていた。

「差別をするわけじゃないんですけど、団地って、訳アリの人が結構いたりするんですよ。自分も複雑な家庭で育ってるんで。だから、ネグレクトかなにかだと思ったんです。でも――」

だんだん距離が縮まっていく。心配になり速度をゆるめると、女の子は電柱に抱きついたまま、まるでエレベーターのようにスーッと上に上がっていく。

「うわッ」

真横を通り過ぎる時、か細い声で耳元ではっきりと聞こえた。

「オニイチャン、ドコ？」

後ろをふり返る勇気はなかった。

佳

住

体験者（群馬県・加奈子さん）

高校生の頃、初めて自分の部屋をもらったんです。

昔、蚕の農家をしていたそうで、建物は古いです。

私が使うことになった部屋はもともと伯父が使っていたんですが、

よく「軍人の霊が出る」と言っていました。

ちょっと怖いのでフルリフォームをしてもらいました。

夜はやっぱり怖くて両親の部屋で布団を敷いて寝るようにしていたんです。

ある朝、五時頃、母に起こされました。

「加奈子、これ、なに？」

頭の上の板の間に、髪の毛が山盛りになっているんです。

しかも、こよりでよってあるような形で。

古い家って、やはりいるんですかね？　人、以外のものが。

九十二　おいねえ

親父が蒸発して、千葉県の賃貸物件に越してきた。

真夜中、ベッドに仰向けになって週刊漫画を読んでいると、突然引き戸が開いた。

扉の外に、小さな老婆が正座している。眼球が真っ黒だ。老婆は、

「おいねえ、おいねえ」

訳のわからないことを言いながらこちらにスライドしてきた。

真っ黒だった眼球が黄色く光り、縦にスッと線が入る。

老婆は口を大きく広げた。喉の奥から「ニャオ〜ン」と猫の鳴き声がした。

すぐ目の前まで来ると、逆再生するようにそのまま後ろに下がっていった。

それからしばらくして、友人のおばあさんが「おいねえ」と言っているのを聞いて意味を尋ねると、千葉の方言で「よくない」ということだった。

この家にいてはならない、なにか理由でもあるのだろうか。

九十三　鼻歌

あさみさんは、交際中の彼氏と同棲生活をはじめた。

彼女の仕事は夜勤、彼は会社勤めをしているので日中はひとりで過ごすことが多い。

この部屋で暮らしはじめて数日が経ち、気づいたことがあった。毎日夕方決まった時刻になると、どこからか女性の鼻歌が聞こえてくる。

近所の人だろうか。姿は確認できない。

はじめのうちは機嫌よく歌うその声が心地よかったのだが、毎日ともなると、しだいにストレスに感じるようになった。

どこで誰が歌っているのだろう。その歌声を辿っていくと、隣近所ではないことがわかった。

すぐそばで聞こえる。この家だ。寝室の扉を開けると、音は鮮明に聞こえる。どこだ、どこだ。かがんで音を辿る。

——ベッドの下だ。

両手をついて床に頬を押し当ててのぞいてみた。水溜まりができている。歌声はピタりとやんだ。雑巾で濡れた床をふきとった。
翌日も同時刻に鼻歌は聞こえてきた。
寝室の扉を開けて、ベッドの下を見る。
昨日と同様、水溜まりができていた。
ベッドをよけると、濡れた裸足の足跡が無数についていた。

九十四　違和感

恵美さんが、現在住んでいる家での話を語ってくれた。

新築を建てることにした。

恵美さんの実家からほど近い場所にちょうど空きが出て、夫も賛成してくれたので即決で土地を購入した。もともと建っていた物件を壊し、地鎮祭も行い家を建てた。

夢のマイホームは家族を幸せな気持ちにしてくれる――はずだった。

いざ、家が完成して住みはじめると、言い知れぬ違和感がある。原因はわからないのだが、どうも落ち着かない。常に誰かに見られているような気がする。

ある夕方、夫は会社に出勤していった。

夕食と入浴を済ませると、恵美さんもこどもたちと一緒にベッドに入った。

久しぶりに夢を見た。

何台ものパトカーが停まっている。その横を通っていくと、狭い路地が見えてきた。

そこを抜けると開けた場所に出た。目の前にはコンクリートの建物があり、中に幼い男の子がひとり、こちらに背を向けてポツンと立っている。

「僕、ひとり？　誰かおれへんの？」

こどもはなにも答えない。ちょうど、四歳になる自分の子と同い年くらいの子だ。放っておくことができずに心配になって思わず抱きあげた。

「こんなところで、どないしたん？」

そこで目が覚めた。

ところが、両腕の感覚がない。見ると、灰色の靄がかかっている。

思わず叫んだと同時になにかに足首を掴まれた。驚いて反射的に上体を起こす。

「なにこれっ」

両脇には、六歳と四歳の我が子が眠っている。ふたりを起こさないように、ベッドの端まで移動した。すると、床に夢の中で見たこどもがいる。顔は見えない。まゆ毛、目、鼻、口がない。

やはりこの家はおかしい。ここのところ感じていた違和感は、日に日に増していた。万が一の時のことも想定して不動明王の真言を覚えていたので、こども達を起こさぬよう小さく唱えた。

ところが、正確に発しているはずなのに、声がところどころ、ブツブツと途切れる。

なぜか実際に言っているのとは別な言葉に置き換えられていく。焦りはしたが、ここで諦めてはいけない気がしてひたすら唱え続けた。

そのうちに声もふつうに出るようになり、正しいものを唱えられた。ひたすら唱え続けていると、目の前のこどもの姿は見えなくなった。

腕の感覚も元に戻ったので、ホッとしてこどもの間に入って左向きになった。左には長男が眠っている。

(起きんで良かった)

頭をなでようとした時に長男の顔を見ると、まゆ毛、目、鼻、口がなかった。

九十五　ひょろっこい

こんなこともあったという。

真夜中、ガタガタと物音がして目が覚めた。玄関の靴箱を荒らすような音だ。夫は夜勤で帰宅するのは朝だ。

泥棒が侵入してきたのかもしれない。躰を起こして身構えていると、玄関から廊下を走ってくる足音が近づいてきた。思わずかけていた毛布をぎゅっと掴んだ。

寝室の扉はふだんから開けている。間もなく侵入者はここへ来る。

暗い廊下を見ていると、その人物は、寝室の前を横切っていった。気づかれていないのか。と思うや否や、いったん通り過ぎてから、後ろ向きで下がってくると、首をひねってこちらを見た。全身真っ黒で、ひょろっとしたのが立っている。暗い廊下よりも、さらにその存在は黒い。闇の中で目玉だけが白く光ってギョロリと動く。

目が合ってしまった。恵美さんは後ずさった。黒いのは、興味なさそうに、そのまま廊下をベランダの方へ抜けていった。

数日後、台所で夕食の支度をしていると、夫が帰宅した。

「おかえり」

廊下に出て玄関の夫を見た恵美さんは思わず「あっ」と声をあげた。

夫の背後に、あの晩見た黒いものがいる。まるで一緒に帰ってきたかのようだ。

「ねえ、言いにくいんやけど、あなたの躰に……」

そう言いかけたところで、夫は遮るように言う。

「ああ、この黒いひょろっとした人やんな。俺もそれ、知っててんねん」

だからこの台所の窓は開けっ放しにしやんといてと言ったんやで。理由がその人がずっとのぞき込んでいるからやねんで。と、夫は言う。

黒いのが、台所の窓からよくのぞいているし、玄関からベランダに向かって走り抜けていくのを、夫は以前から気づいていたという。

九十六　川沿いのアパート

リコさんは、川沿いの安アパートで暮らしはじめた。

とにかく今は貯金がしたい。ダブルワークをしているため、一日の大半は外で過ごしている。家には寝に帰ってくるだけなので、それで構わなかった。ロフト付きの二階建てで、住み心地も悪くはなさそうだ。

入居して数日が経ち、ロフトで寝ていると、梯子《はしご》をミシミシ誰かが上がってくる。暗がりで顔は見えないが、男のようだ。男は耳元で「ハア、ハア」と息を吐く。

そこで目が覚めた。厭な夢を見たなと思ったが、それから毎晩同じ夢を連続で見るようになった。気持ちが悪いし、引っ越した方が良いのかもしれない。

ある日、考え事をしながらアパートへ帰って来て扉を開けると、部屋が真っ黒だ。換気扇から煙が出ている。その煙の中に、男が立っていた。男は、ゆっくりこちらにふり向くと、「ハア、ハア」と息を吐きながら換気扇の中へ吸い込まれていった。

九十七　ピエロ

川田さんは、ベビーシッターをしている。

その中に、生後四か月頃から預かっていた久美ちゃんという女の子がいた。

依頼者の夫婦が留守の日中、赤ちゃんのお世話をする。プライバシーの問題もあり、すべての部屋へ入ることはない。寝室には入らないように言われていた。

そのため、赤ちゃんを寝室で寝かせることはなかった。基本的にはリビングに小さな布団を用意して、そこで寝かせることが多い。

生後六か月くらいになった頃、初めて夕方から夜にかけての依頼が入った。

夜の勤務で申し訳ないが、どうしても川田さんが良いのだと直々に指名をいただいたので、喜んで自宅へ向かう。その時に、初めて寝室へ入った。赤ちゃんをベビーベッドに寝かせ、リビングへ戻ろうとした時だった。

ベッドの足もとにある小さなクローゼットが勢いよく開け放たれて、中からベッドに向かってゴロゴロゴロッとなにかが飛び出してきた。

驚いて見ると、赤、黄色の派手な服装をした小太りのピエロのようなおじさんが、回転しながら宙を舞っている。

寝ていた赤ちゃんも「ぎゃあっ」と声をあげて泣きだした。川田さんは首が座ったばかりの赤ちゃんを抱き上げて急いでリビングへ出た。

(今のはいったい、なんだったのだろう)

赤ちゃんをあやしながら、依頼者の帰宅を待った。思いのほか早く帰宅した母親は、泣いている娘を見ながら苦笑いをした。

「うちの子、なかなか寝ないですよね」

「初めてお母さんと離れての夜だから、仕方ないですよ」

「川田さんは、感じやすい方ですか」

「えっ?」

依頼者の唐突な言葉に瞬きをすると、

「お祓いもしたんですけどね」

と、寝室の扉を開けて中を見た。

やがて、こどもが五歳になった頃、川田さんが台所で洗い物をしていると、おもちゃで遊んでいた久美ちゃんが手を止めて言った。

「このおうち、お化けがいるんだよ」

川田さんは間髪入れずに答えた。

「私も知ってるよ、その人。カラフルなおじさんでしょ」

「そうそう。見たことあるの?」

「あるある。夜来た時、一回だけ見たこと、ある。怖かったんだよね。久美ちゃんは怖くないの?」

「別になにもしないよ」

ベッドの横に立ち、ただ寝ている自分たちを見ているだけなのだと言う。

「でもね……」

時々、生まれたばかりの妹を連れていこうとすることがあるという。それを聞いて川田さんは思い出した。

久美ちゃんがまだ赤ちゃんだった頃、突然痙攣したことがあった。その時、依頼者が「誰かに連れ去られるかと思った」と言っていた。脳波を調べたが、なにも問題はなかった。ではやはり、アレがどこかへ連れていこうとしていたのだろうか。

久美ちゃんは続けてこうも言った。

「リビングにも、もうひとり女の人がいるよ。テレビの横に立ってるよ」

言われてみれば、リビングに設置してあるＯＫグーグルが頻繁にしゃべる。電子機器だからなにかに反応して話しているのかと思ったが、誰も言葉を発していない時も、「ゴメンナサイ。ヨクキキトレマセンデシタ」

を、くり返す。頻繁に言う。

あの時はまだ言葉が話せなかった赤ちゃんが成長したことにより、色々と答え合わせができてしまったという話だ。

以来、夜の依頼が入ると、久美ちゃんと外で食事をして依頼者の帰宅を待つようにしている。

九十八　撃退

数年前、根本さんは2LDKのマンションを内見した。

独り暮らしをするにはじゅうぶんすぎる物件で、ひと目で気に入ったのだが、ひとつだけ気になる点があった。

寝室にする予定の部屋にある収納スペースから、強烈な線香の香りがする。前の住人が仏壇を設置していたのかもしれない。それさえ我慢すればあとは問題なさそうだったので、すぐに契約をした。

ところが入居して間もないある夜、玄関がガチャっと開く音がして、誰かが入ってきた。足音は寝室までくると、扉を開けて入ってきた。

暗いが、若い女性だと感じる。

とうてい人間とは思えぬほど青白く光っている。

女は引き戸の収納棚まで歩いていくと止まり、しばらくすると出ていった。それが、二、三日続いた。

四日目。女はまた来た。

収納棚をじっと見つめている。そのうちにいなくなるだろうと思っていると、女は躰を根本さんに向けて忍び寄ってきた。あっという間もなく女は首を引っ掻いてきた。

「痛ッ!」

腹が立った根本さんは、左手で女の髪に触れた。え、触れるんだと驚くと、女もきょとんとした表情になる。

「てめえ、引っ掻きやがって。謝れ」

女はなにも言わない。今度は両手で髪を鷲掴みにした。右手も鷲掴み。相当痛かったのだろう。よじれるような表情をする。

さて、どうしてくれよう。

九十九　螺旋女の家

この体験談をインタビューしたのは、今から二年前のことだ。

これまでライブや配信で語る機会はあったはずなのだが、なぜか手をつける心持ちになれずにいた。今回新たに百怪語りシリーズを刊行するにあたり、思いきってまとめようと思う。

その物件は、広島県の郊外に建っていた。

高齢夫婦が住んでいたのだが、生活に不便な場所で、病院やスーパーの点在する市内へ移り住んだとのことだった。

明子さんはひょんなことからその物件に住むことになった。

彼女の実家はかなり裕福で、広い屋敷と離れもあった。ある武将の末裔らしいが、両親ともしつけに厳しく生活のすべてを監視されているようで息苦しかった。

学生の頃、初めてできた彼氏を紹介した時も、二番目の彼氏の時も、「我が家とはつりあわない」と半ば強制的に別れさせられた。だから、二十代で結婚を意識する相手と出会った時、親に口を挟まれないように先に妊娠してから既成事実で報告した。

「こどもができました。私たち、結婚します」

開口一番で聞かれたのはもちろん相手の家柄のことだった。彼の家は小さな町工場を経営している。両親は顔を見合わせあからさまに不快感を示した。

このままでは一生家に縛られることになってしまう。なにがなんでも一緒になるのだと強い意志で説得を試みた。

はじめは苦虫を噛み潰したような顔をしていた両親も、孫が生まれることには喜びを感じたようで、渋々首を縦にふった。ただし、金銭面の援助は一切しないという条件付きだった。

出産までには結婚式や新居探しをしておきたい。ある程度の貯金はあったが、最終的に手元に残ったのは僅かばかりだった。なるべく安い物件を探していたところ、両親からある一軒家を勧められた。

「家から数軒先に空き家があるわよ。あそこにしなさいよ。話しておいてあげるから」

佐藤さんという老夫婦の家なのだが、この辺りは町から離れているので、病院やスーパーへ行くのには不便だというので、少し前に市内へ出ていったのだという。

これ以上両親に逆らうこともできない。今度下見に行ってから決めようかな……とつぶやいた明子さんの言葉は親にはどうやら耳に入っていなかったらしい。

近所の大工に話をつけると、すぐに床の貼り換え作業をはじめてしまった。もう断れる状況でなくなった。

家賃は、一年間で一万円。

家主の佐藤さんは、今後も住む予定はないけれど、仏壇は残しておきたいし、人が住んでくれた方が風も通すことができるからと二つ返事で了承してくれたという。

ようやく時間ができて見に行くと、平屋の古い民家で、庭には佐藤家の先祖代々の墓がズラリと並んでいる。さすがにギョッとした。近所なのにこんな家があったことは知らなかった。

引き戸を開けて中へ入る。上がり框を上がるとまわり廊下があり、脇に客間。横に家族団らんの部屋、奥に寝室、そして十二畳の仏間がある。

佐藤さんの希望で、家に仏壇は残しておきたい、お盆には手を合わせに来たいというので了承した。遺影もあるが、そのうちに片づけるからちょっと置いておいてと言われていた。

仏間の襖を開けると、鴨居にモノクロの遺影が十数枚飾られている。天井の隅にはクモの巣が張られていたが、仏壇だけは立派で、きれいに手入れがされていた。

さすがに良い気持ちはしないので、仏壇の扉は閉めて、仏間の襖も閉めて出た。別の借家かアパートを探したいと思う気持ちとは裏腹に、内装工事は進んでいく。夫は仕事でほとんど家を空けている。住まいのことは任せるし、どこでも良いと言うので、仕方なく我慢してこの物件で暮らすことを決めた。

夫は帰ってこない日もあるので、明子さんはひとりで過ごすことが多かった。

異変が起き始めたのは、ここへ来て数日が経った頃だった。

食器棚に入れてあった食器が不自然に割れていた。引っ越しの時にひびが入っていたのだろうかと気にせずにいたのが、触れてもいないものが毎日少しずつ割れていく。ひと月経つ頃には、持っていたすべての食器が一枚もなくなった。

こどもが生まれてくることも考えて、陶器でないプラスチック製のものを買い揃えた。ものごとを前向きに考えようと自分に言い聞かせてはいたものの、なんとなくこの家が気持ち悪い。特に仏間に入ることだけは避けたい。入居初日だけは開けていた襖もピタリと閉めて、中へ入ることはなかった。

ある日、夕食後にテレビを観ていると、仏間からカタカタと音が聞こえてきた。リモコンで音量を下げ、耳をそばだてる。すると、中からバタバタバタ、ガシャンガシャンと物音がした。それはものすごい音で、思わず襖を開けた。

鴨居にかけてあった十数枚の佐藤家の遺影が、すべて畳の上に落下しており、ガラスが粉々に割れている。

明子さんは大家の佐藤さんにすぐに電話をかけた。

「よくわからないんですけど、いきなり仏間の遺影がぜんぶ落ちてきたんです」

現場の写真を撮り、メールを送る。佐藤さんは、危ないからぜんぶ捨てててと言った。ガラス片だけは片づけ、写真は後日郵送することで話はまとまった。

やはりこの部屋は気持ち悪い。仏間に入るのはよそう。

汲み取り式の便所にも入りたくない。

明子さんは日中、近所の公民館でトイレを済ませていた。


ある日、友人を家に招いて昼ごはんを食べることにした。明子さんはこれまでのことを話して聞かせると、友人は、「こわっ」と言いながらトイレに入った。すると、家がガタガタ揺れだした。地震だと思ってテレビをつけたが速報は出ていない。近所の人に聞いても地震はなかったという。昼から酒でも飲んでいたんじゃないのかと笑われてしまった。

「なんだったんだろうね。明子の言うとおり、この家、変なのかもね」

友人が菓子を抓みながら言うと、仏間からカタカタ音が聞こえてきた。

「ねずみじゃない？　バルサンを焚いた方が良いよ」

カタカタと音が鳴り、振動が伝わってくる。襖を開けて仏間に入ると、仏壇が激しく前後左右に揺れている。

仏壇の扉を開けてみた。中は滅茶苦茶で、位牌は倒れ、飾り物や高炉も粉々に壊れている。以前見たときはきれいに手入れをされていた。到底ねずみの仕業とは思えない。何者かの手によって破壊されたとしか思えなかった。

直せるものは直して掃除をして、大家にも連絡を入れた。

友人は気味悪がって帰っていった。

しかし、奇妙なことは起こってはいるものの、具体的になにかを見たわけではない。すぐに引っ越しができる持ち合わせもないのでここに住み続け、一年が経った。

日々、おかしなことは続く。

貯金をして、ここを出て家を建てることに目標を定めた。頭金ができるまでに五年くらいかかるだろう。まあ、なにも見えないから問題ないだろう。そう思っていた。

ところがこどもが生まれたことにより、状況が変わった。娘のノリ子ちゃんが一歳半くらいになり、言葉を覚え始めると、襖を隔てて誰かと会話をするようになった。

「誰としゃべっているの？」

「女の人」

「女の人？」

「うん。この家から出て行ってほしいんだって」

「出て行ってほしいって？」

「うん。でもここはノリのおうちだから、出て行かないよって言った」

娘の言葉で、この家には女がいるらしいということがわかった。

どうやらその言葉で怒りをかったのだろう。それから毎晩女が布団のまわりを歩く衣擦れの音がするようになった。

自分はどうなっても構わないが、娘になにかあっては困る。娘が寝ている間は眠らずに起きていた。それが丸一年続いた。毎晩女は布団の周りを歩き回る。

ある晩、ついウトウトしたところ、女ははじめてこの日、明子さんの躰に乗って首を絞めてきた。女は言う。

「出ていけ……」

恐怖心でいっぱいではあったが、現実的に今出ていく貯金がない。

「頭金が溜まるまで待ってください」

明子さんは女に交渉した。

数日後、親が家を壊してこの土地に新築を建てると言い出した。とにかくここから離れたかった明子さんだったが、まさか家に現れる女の存在を話すわけにもいかず頭を抱えてしまった。

これまで留守がちだった夫にすら話したことはなかったが、新築の話題が出たので思い切って話をすると、鼻で笑われてしまった。

「こどもになにかあってもいいの？」

「気にしすぎだよ」

ところがその夜、夫が真夜中に悲鳴をあげた。見知らぬ女に枕を蹴り上げられたという。君の言うとおりだ。ここにはなにかいる。出て行こう。

親から逃げる口実を考え説得し、引っ越しをする準備が整った。その間も夫は、度々女の姿を見ており、閉まった仏間の方を見つめては「女が睨んでいる」と怯えていた。

ようやく目標の金額も貯まり、家族で仏壇に引っ越しの日取りを伝えた。

ところが工期が伸びて工事が一週間伸びた。その一週間が地獄だった。

電気系統はすべて壊れ、昼夜問わず女が現れる。

女は馬乗りになって明子さんの首を絞めた。

「うそつき、うそつき、うそつき」

この時、明子さんは初めて顔を見た。口の大きな年増の女で、髪を垂らして血走った目を見開いている。荒れ狂ったように「うそつき！」と叫ぶその顔と躰は、まるで螺旋のようにねじ曲がっている。ねじれた女は、

「私の家なのに。私の家なのに。出ていけ。出ていけ。物にも触るな、うそつき」

荒れ狂ったように明け方近くまで叫びつづけた。

どこかで見た顔だった。誰だっけ。以前鴨居から落ちて仏間のタンスに仕舞ってあった遺影を引っ張り出してくると、一枚ずつ見ていく。

「この人だ」

大家の佐藤さんに連絡をすると、その人物はこの家を建てた人だったことがわかった。

新築が完成し、明子さん家族はようやく引っ越しをした。

無事に平穏な暮らしを取り戻し、五年が経った頃、親がとうとつに、

「佐藤さんのお宅、買いとるからそこに工場を建てなさい」

と言いだした。すでに土地を買ってしまったという。

その直後、母親は脳梗塞で倒れ、今も意識不明で入院している。

現在その土地は荒地となり、建物は崩れかかって廃墟と化している。

さまざまな現象が起こったため、その家での家族写真は一枚もない。

たった一度だけ、三人で撮影したものの、現像してみると、空間がグニャリとねじれており、襖の隙間からは顔のねじれた女が今にも飛び出てきそうな勢いで血走った目でこちらを睨みつけていた。


「その家に、今度連れて行ってもらえませんか」

「いいですよ。私は絶対に中には入りませんけど。そういえば……」

近所に、精神に病を抱えた主婦がいた。その主婦が近頃、あの崩れかかった廃墟に向かって毎日のように、

「おはようございます！」

挨拶をしているのだという。

明子さん一家を追い出すことに成功した螺子女は、今もそこでひとり、ねじれた顔と躰で家を守っている。

海外

海外

体験者（イギリス在住・友子さん）

私は幼少期からイギリスに住んでいました。
ある晩、トイレに入って用を足したところ、
紙がないことに気がついて両親を呼んだのですが、
なかなか起きてくれませんでした。
途方に暮れてひとり泣いていると、
廊下からカチャカチャと奇妙な音が近づいてきます。
やがて、目の前のドアノブが下がってゆっくり開きます。
その隙間からトイレットペーパーを手にした銀色の手が伸びてきたんです。
そしてまたカチャカチャと音を立てながら去っていきました。
銀色の手の正体？　あれは、西洋甲冑を着た男でした。

百蜂

中国在住の詩織さんはこの八月、大連市旅順の二百三高地をひとりで訪れた。

二百三高地は、日露戦争の旅順攻囲戦最大の激戦地となった場所で、多くの戦死者を出した。

現在は、森林公園になっていて、麓に【旅順櫻花園】が開園して日本から贈られた桜が植えられている。

中腹まで車道が整備され、途中には小さな回転木馬があり、市民の憩いの場になっている。桜が満開になる四月の下旬あたりは多くの観光客が訪れるのだが、それ以外の時期は閑散としており、詩織さんが訪れた八月も広い園内で会ったのは日本人旅行客一グループのみだった。

整備された車道の行き止まりからさらに急な山道を十分ほど登った山頂には、陸軍軍人乃木希典《のぎまれすけ》が二百三高地の戦いについて書いた【爾霊山《にれいさん》】の記念碑塔がある。両側に松の木が生えた急勾配の山道ではあるものの、地面はコンクリートで舗装されている。

詩織さんがその山道の入り口に着いたのは、午後三時ごろだった。

午前中も旅順の別の場所を回り、ここへ来るまで地元のバスを乗り継いで来たので、少し疲れて山道の入り口で休むことにした。

あたりには誰もいない。風もなく無音状態だった。

すると、上空で「ぶーん」と蜂の羽音のようなものが聞こえた。

近くに巣があるのか探してみたが、それらしきものもない。刺される前にこの場を離れようと上空に目を凝らしながら山道を登って行く。音は、登っている間もまるで詩織さんを追うように着いてくる。

ようやく山頂付近まで登り、土産屋に入った。その間も上空で音は続く。

午後四時頃、下山をしようとした時だった。「ドーン！」と爆発音がした。落雷だと思わず耳を塞いだ。売店のおばさんにどうしたのと聞かれたので雷に驚いたと伝えたところ、音など鳴っていないと言われた。蜂の羽音もしていないという。

腑に落ちないまま、詩織さんは下山した。

自宅に戻った詩織さんが改めて調べてみたところ、乃木希典が付けた【爾霊山】の塔の名は、「なんじの霊の山」つまり「あなたの霊が眠る山」という意味が込められているようだ。

家族に、もしかしたら二百三高地がどれほど激戦だったのかを戦死者が伝えたのではないか。追体験をしたのではないかと言われて、思い返してみると――

あれは、蜂の羽音ではなく、大勢の人間のうめき声のようだった。

「海外在住者として思うのは、ここではなく、故郷で眠りたいだろうなと感じてしまいました。たまに来る少数の日本人観光客以外は、誰も追悼することはありません。私には霊の存在はわかりませんが、語り継がれずに忘れ去られていくものはいくつもあるんだろうなとなんとも言えない気持ちになってしまいました」

★読者アンケートのお願い

本書のご感想をお寄せください。
アンケートをお寄せいただきました方から抽選で
5名様に図書カードを差し上げます。
（締切：2024年11月30日まで）

応募フォームはこちら

百怪語り 螺旋女の家

2024年11月5日　初版第一刷発行

著者……………………………………………………… 牛抱せん夏
デザイン・DTP …………………………………………… 延澤武
企画・編集 ……………………………………………… Studio DARA

発行所…………………………………………………… 株式会社 竹書房
〒102-0075　東京都千代田区三番町８－１　三番町東急ビル６F
email：info@takeshobo.co.jp
https：//www.takeshobo.co.jp
印刷所…………………………………………………… 中央精版印刷株式会社